鬼

今邑　彩

集英社文庫

目　次

鬼

カラス、なぜ鳴く

1

その朝、柳瀬正一《やなせしょういち》は、微かに聞こえるリズミカルな音で目を覚ました。枕元の時計を見ると、午前九時になろうとしている。休日の朝の起床はだいたいこんなものだ。隣の妻の布団はすでにも抜けの殻《から》だった。起き上がって、カーテンを開けると、清々しい朝の光が六畳の和室いっぱいに差し込んだ。

洗面所で洗面と歯磨きを済ませて、パジャマ姿のまま、ダイニングルームに入って行くと、妻はエプロンをつけた後ろ姿を見せて、朝食の支度をしていた。

聞き慣れたリズミカルな音の正体は包丁の音だった。長ネギでも刻んでいるのだろう。あたりに漂うみそ汁の匂い。ダイニングテーブルには、畳まれた朝刊が、いつも柳瀬が座る席の前に置いてあった。柳瀬はあくびをしながら朝刊を広げた。

「おはよう」

包丁の音がしばし止んで、妻が声をかけてきた。

「……おはよう」

柳瀬は新聞から顔をあげずに言った。

朝刊の見出しにざっと目を通していると、二階から足音がして、息子の正彦《まさひこ》が起きてきた。こちらもパジャマのままで、寝癖のついた髪をしている。

「おはよう」

正彦は明るい声で父と母に声をかけた。

柳瀬はやや驚いたように、広げた新聞から目をあげて息子を見た。

ここ数カ月、休日の朝に正彦がこんなに早く起きてきたことはなかったからだ。いつもは昼過ぎ、いかにも嫌々という様子で、挨拶《あいさつ》もろくにしない。朝食も一人で俯《うつむ》いて黙って食べ、食べ終わると、黙って二階に引き上げていく。話しかけても、「うん」とか「別に」とか「さあ」とか気のない返事しか戻ってこない。いつのまにか会話もなくなっていた。

小学生の頃はこうではなかった。元々、性格は明るく活発で友達も多く、訊《き》かなくても学校であったことなどよく喋《しゃべ》った。それが、中学に入ってしばらくすると……。

「お母さん、神谷《かみや》さ、やっぱ転校するんだって。北海道にいる父親と一緒に住むらしいよ」

正彦の嬉《うれ》しそうな声が聞こえてきた。柳瀬は新聞越しに声の方を見た。台所で肩を並べている母子の姿が目前にあった。正彦は頭ひとつ分、妻の佐知子《さちこ》よりも大きくなっていた。柳瀬はそれを見て、ああと思った。柳瀬の記憶にある二人の姿は、佐知子がまだ小さい正彦の手を引いている光景でしかなかったからだ。いつのまに……。

「そう。よかったじゃない」

「うん」

「あ、だめ。それ、つまんじゃ」

「ちょっとだけ」

「包丁使ってるときに手を出さないの」

柳瀬は苦笑した。身体は大きくなっても、包丁を使う母親のそばから、素早く手を伸ばしてつまみ食いをする仕草は、幼い頃のままだった。

「あんた、まだ顔も洗ってないでしょ」

「うん」

「早く顔と手を洗ってきなさい」

「はーい」

正彦は母親のそばを離れると、洗面所の方に消えた。

久しぶりにほのぼのとした気分で、妻と子に向けられていた柳瀬の視線が再び新聞に戻り、とある記事に釘付けになった。

「カラス、なぜ鳴く」

そんなタイトルのエッセイだった。それは、著名な女性エッセイストの手によるものだった。

さほどその内容に興味を持っていたわけではなかったが、時間が許す限り、新聞には隅から隅まで目を通さないと気が済まない性《たち》の柳瀬は、エッセイを目で追いはじめた。

「先日、東京郊外にある親戚《しんせき》の家に家族で遊びに行った折のことである。外に出ていた小学二年生になる下の子が、わんわん泣きながら帰ってきた。子供の顔を見て私は肝を潰《つぶ》しそうになった。血だらけではないか。何があったのか問いただすと、カラスに襲われたのだと言う。

びっくりしてしまった。カラスのゴミ荒らしの話はよく耳にするが、まさか人間に襲いかかるほど凶暴だとは思っていなかった。幸い、通りかかった見知らぬ女性が身をもって子供をかばってくれたそうで、怪我は大事に至らなかった。その女性は子供を助けてくれただけではなく、うちの前までわざわざ送ってくれたそうだ」

カラス？

エッセイはまだ続いていたが、柳瀬の思考が一瞬止まった。

カラスといえば……。

「正彦、最近、明るくなったでしょ」

テーブルの真ん中に野菜サラダのガラス鉢を置きながら、佐知子が話しかけてきた。その声もどことなく弾んでいる。

「そうだな。学校で何かあったのか」

柳瀬は新聞から顔をあげて答えた。

「ちょっとね……」

佐知子は少し口ごもった後、思い切ったように言った。

「実を言うとね。今まであなたに隠していたけど、あの子、学校、行ってなかったのよ」

2

「学校へ行ってなかったって？」

柳瀬は意味が分からず訊き返した。

「四月に入ってからずっと……その、ひきこもってたのよ」

「どこか悪かったのか」

「身体の病気ってわけじゃないんだけど……」

佐知子は言いよどんだ。

「どうしてそんな大事なこと黙っていたんだ」

「だって、あなた、毎日、朝は早いし夜は遅いし、休日も疲れているようだし、なかなか切り出す機会がなかったのよ。それに、正彦からお父さんには絶対に黙っててって口止めされていたし」

「口止めされたからって……」

柳瀬は思わず口ごもった。

何も話さなかった妻も妻だが、それに全く気付かなかった自分も自分だと思い直したからだった。いや、全く気付かなかったというわけではない。漠然と変だなとは思っていた。それまで活発で明るかった息子の性格が、ある時期を境に、だんだん変わってきたような気はしていた。

ただ、それは、息子を取り巻く環境が一変したことによる一時的なものだと思い込んでいた。

それまで勤務先に近かった都内のマンションから、緑の多い郊外のT市に一戸建を買い、移り住んできたのが、ちょうど正彦が中学に入学した年だった。

それからというもの、通勤時間が片道二時間以上もかかるようになったために、平日は家族で食卓を囲むという習慣はなくなってしまった。朝は、まだ正彦が寝ている頃に家を出て、夜は夜で、帰りは深夜零時過ぎという生活が続いた。同じ家に住みながら、息子と全く顔を合わせることもない。休日ですら、たまに顔を合わせても、殆《ほとん》ど会話がない。そんな日がいつのまにか当たり前のようになっていた。

「でも気にしないで」

佐知子が言った。

「もう解決したから」

「解決した？」

「ええ。解決したの。何もかも」

佐知子は微笑《ほほえ》んでいた。

「一体、何があったんだ」

柳瀬が妻を問い詰めようとしたとき、洗面所に行っていた正彦が戻ってきた。寝癖を奇麗に梳《と》かしつけ、顔もさっぱりとしている。こちらも今まで「ひきこもって」いたとは思えないほど表情が明るい。

「正彦。おまえ、学校に行ってなかったって本当なのか」

柳瀬が訊《たず》ねると、正彦の顔が強張ったように見えたが、それもほんの一瞬で、すぐに笑顔になると、「うん」とあっさり答えた。

「なんで今までそれを……」

そう言いかけると、

「今は行ってるよ。あいつがいなくなって、みんなが元に戻ってくれたから」

正彦は、母親の隣に椅子《いす》を引いて座ると、箸《はし》を取りながら答えた。

「あいつ？」

「神谷だよ」

「神谷……」

柳瀬の記憶の中で何かが蠢《うごめ》いた。

「前に話したでしょ。中一のとき。クラスにボス的な存在の奴がいて、『イキニエ』の儀式やってるって」

「『イキニエ』？」

「忘れちゃったの？」

「あ、いや……」

「なんだ。お父さん、忘れちゃったんだ。そういえば、あのとき、お酒飲んでたもんね。酔っ払った勢いであんなこと言ったのか」

「なんだ。あんなことって……」

「僕をさ、おまえは人間のクズだってどなったんだよ」

3

「人間のクズ……」

柳瀬はぼんやりと呟《つぶや》いた。自分は息子にそんな酷《ひど》い言葉を投げつけたのか。思い出そうとしたが、思い出せない。

「中一の終わりの頃だよ。夜ごはん食べていたときさ、お父さんが学校はどうだって訊くからさ。クラスで『イキニエ』っていう儀式めいた苛《いじ》めがあるって話したら……」

「苛め？」

柳瀬は記憶を探った。何か思い出しそうだ。だが、思い出せない。頭の中に霧がかかったようになっていた。

「苛めっていっても、殴ったり蹴《け》ったりとかそういうんじゃないんだ。何もしないんだよ。徹底的に何もしないんだ。クラスの中でターゲットを一人決めてさ、決めるのは神谷なんだけど、そのターゲットを『イキニエ』って呼んで、みんなで無視するんだ。そいつなんか存在してないみたいに、空気みたいに扱うんだ。誰も『イキニエ』には話しかけちゃいけないし、話しかけられても答えちゃいけない。メールとかもだめ。友達になっちゃいけない。ずっと無視し続けるんだよ。もし、この『掟《おきて》』を破って、『イキニエ』に話しかけたり、先生にチクったりしたら、今度はそいつが新しい『イキニエ』にされちゃうんだ」

正彦は食べながら、他人事《ひとごと》のように淡々と話した。柳瀬はそんな息子の顔を見ているうちに、ようやく思い出した。

そうだ。あのとき、少し酒が入っていた。そのせいか、クラスにはびこっている奇妙な苛め行為を傍観者のように話す息子を見ているうちに、むらむらと腹がたってきたのだ。

「正彦はただ学校であったことを話していただけなのに、あなたったら、それを聞いて、突然、怒り出したのよ」

佐知子が言った。

「クラスメートがそんな陰湿な苛めにあっているのに、おまえは何をしているんだ。一緒になって面白がってるのか。あなた、この子にそうどなったのよ」

「…………」

「面白がってたわけじゃなかったし、『イキニエ』になってしまった子には同情もしていたけど、『掟』を破ったら、今度は僕が『イキニエ』にされちゃうんだから、黙っているしかなかったんだ。それに、神谷の母親は水商売やってて、暴力団とも親しいって噂《うわさ》だった。そんな奴に逆らえないよ」

正彦は箸を置いて、柳瀬の方を真っすぐ見て言った。

「そう言ったら、お父さん、テーブル叩《たた》いて、どなったんだ。暴力団がなんだ。そんなのにビクビクしてるからなめられるんだ。それでも男かって。弱いものが苛められてるのを見て、見て見ぬふりするやつは男じゃない。人間でもない。人間のクズだ。そんな人間のクズにおまえを育てたおぼえはないって」

柳瀬は首をすくめるような気持ちで息子の言葉を聞いていた。酔っていたとはいえ、そこまで言ったのか。たぶん、久しぶりに妻子と夕食の食卓を囲んで、父親風を吹かせてみたかっただけなんだろう。その証拠に、柳瀬自身は、自分の言ったことなどケロリと忘れていた。

「あなたにあんな風にどなられて、正彦は凄《すご》く傷ついたのよ。何も好きで見て見ぬふりをしていたわけじゃなかったんだから。それで、悩んだ末に、翌日、この子は」

佐知子が口を挟んだ。

「いいよ、お母さん。僕が話すから」

正彦が母を遮った。

「次の日、学校へ行って、みんなの前で、僕は『イキニエ』の子に話しかけたんだ。『これからは友達になろう』って」

「…………」

「僕も前から思ってたんだ。こんなこと、誰かがやめさせなきゃいけないって。神谷は小学校の頃からこんな『儀式』をやり続けていたって話だったし、このまま放っておいたら、あいつはずっとやり続けるだろう。『イキニエ』にされた子は最初はじっと我慢してるんだけど、そのうち、学校に来なくなる。転校して行った子もいたんだって。なかには自殺未遂した子もいたって噂だった。僕は決心した。お父さんの言う通りだ。こんなこと見て見ぬふりしてるのは卑怯者《ひきょうもの》だ。僕がやめさせようって。みんな、神谷をというより、神谷の背後にいるという暴力団の存在におびえて、奴の言いなりになっていたんだ。暴力団っていっても下っ端のチンピラだろうけど。でも、そんなの一種の集団催眠だって気が付いたんだ。みんなの恐怖心を煽《あお》って支配しようとしているだけだって。誰かがパンと手を叩いて、『これはただのマジックだ』って一言いえば、みんな目が覚めるはずだ」

「…………」

「それで、僕はそうした。『イキニエ』の子に話しかけて、みんなにも言った。こんな変な儀式もうやめようって。誰も『イキニエ』なんかにするのはよそうって」

「おまえ、そんなことを言えたのか」

柳瀬は息子をやや誇らしげに見た。

「言えたよ。ちょっと怖かったけど。でも、ちゃんと口に出して言えた。みんな、黙ってた。お互いの顔色を見合って、迷ってるみたいだった。『イキニエ』を楽しんでる奴も少しはいたけど、たいていの奴がこんなの本当は嫌だって思ってたんだ。自分が『イキニエ』になるのも嫌だし、友達を『イキニエ』にするのも嫌だって。本当はやめたいって思ってたんだ。もう一押しすれば、みんな賛成してくれる。そう思った。だけど、そのとき、一番後ろの席で机に両足のっけてニヤニヤしながら成り行きを見ていた神谷が一言いったんだ。『イキニエ儀式をこのまま続けたい人、手をあげて』って。そうしたら、クラス中がシーンとした後、一人また一人と手があがって、最後に、『イキニエ』だった子までがソロソロって手をあげたんだ」

「…………」

柳瀬は言葉を失った。

「僕以外のクラス中の手があがったのを確認してから、神谷は言い放ったんだ。『これでイキニエ儀式続行が決定。次の「イキニエ」は柳瀬正彦君ね』って」

4

「その日から僕が『イキニエ』になった。それまで友達だった奴は誰も僕に話しかけなくなったし、メールもよこさない。僕は誰からも相手にされなくなった。存在しない者のように無視され続けた。クラスだけじゃなくて、部活でも。神谷は部活の連中にも手を回して、僕を無視するように脅してたんだ。それでも、僕は我慢して学校へ行き続けた。二年になってクラスが替われば状況も変わる。そう思って我慢したんだ。でも、二年になっても何も変わらなかった。もっと悪くなった。神谷とはまた同じクラスで、しかも、担任が若い男の教師で、『イキニエ』ごっこを面白がって、注意するどころか、自分までやりはじめたんだ。出欠取るとき、わざと僕の名前を呼ばなかったりして。それで、僕はもう耐えられなくなって、学校へ行くのをやめたんだ」

「佐知子。おまえ、ずっとうちにいたのに、何も気付かなかったのか」

柳瀬は、幾分八つ当たり気味に声を荒らげた。

佐知子はいわば専業主婦だ。外で働いている自分と違って、息子と過ごす時間も長いはずだ。それなのに、息子の変化に気付かなかったのか。やり切れなさも手伝って、こうなるまで何もしなかった妻の怠慢をつい責めたくなった。

「気付いたわよ、すぐに。去年の十月頃から、急に口数が少なくなって、ふさぎ込むようになったから変だと思って問いただしたら話してくれたのよ」

「知ってて、おまえは何もしなかったのか」

「お母さんはしてくれたよ。お母さんにできることは何でも」

佐知子をかばうように正彦が言った。

「最初は、中一のときの担任に会って、事情を話して相談したわ。でも、担任の対応は冷淡だった。一応、神谷君を含めてクラスの生徒たちに事実を確かめてみたが、『イキニエ』ごっこというのは、子供たちの間ではやっている遊びの一種で、苛めなどではなく、親が出てきてとやかく言うほどのものではない。そのうち飽きたらやめるでしょうって、こんな調子なのよ。やってる側は『遊び』でも、やられてる側は『遊び』じゃすまされないのに。暴力行為があったり金品を巻き上げられたりとかいう事実があれば、学校側ももっと真剣に取り組んだかもしれないけど、そういうことは一切なかったから、ただの『遊び』で済まされてしまったのよ」

「親には話したのか。その神谷とかいう生徒の親に」

柳瀬が訊くと、佐知子は頷《うなず》いた。

「もちろん話したわ。学校じゃ埒《らち》があかないと思ったから、神谷君の親と直接話して決着をつけようと思って。神谷君のうちは両親が離婚して、母子家庭だったのよ。母親はクラブか何かの雇われママで、夜はいないというので、昼間、正彦から聞いたマンションに出掛けて行ったわ」

「いつ？」

「いつって……去年の話よ」

佐知子は一瞬黙ってから怒ったような声で言った。

「この母親というのが教師よりひどかった。これから店に出るから忙しいって言われて、こちらの顔もまともに見ないで、鏡に向かって化粧しながら話すのよ。それも投げやりにどうでもいいって感じで。親御さんから息子さんに注意して、こんな苛めはやめさせて欲しいって頭まで下げたのに、向こうは謝るどころか、たかが子供の遊びに親が目くじらたてるなんてみっともない。おたくの子供がクラスメートに無視されるのは、子供の性格にも問題があるんじゃないのか。そんなに今の学校が気に入らないなら、転校でも何でもすればいいじゃないか。そう言い放ったあげくに、『奥さん、専業主婦？』って訊いたから、『そうだ』って答えたら、『いいわねえ。ご主人が食べさせてくれる気楽なご身分の方は。暇すぎて、子供のことしか考えられないのかしらねぇ』って、大声で笑いながら言ったのよ。それを聞いたら、わたし、思わずかっとして」

佐知子はそこまで言いかけ、はっとしたように、

「……こんな人とこれ以上話してもしょうがないと思ったから、そのまま帰ってきたけれど」

「どうして俺に言わなかったんだ？　教師にしてもその母親にしても、おまえが女だからってなめられたんだ。男親が出て行けば、向こうだって少しは」

「だから言ったじゃない。あなたに相談したくても、あなたは、毎日通勤だけでも大変だって愚痴をこぼして疲れてるみたいだったたし、家庭内のことはおまえに任せたから、

全部おまえがやれって、いつも言ってたから」

「………」

「でも、もういいの。何もかも解決したんだから」

佐知子は晴れ晴れとした顔で言った。

「神谷君の方が転校することになったのよ。母親が殺されたせいで」

5

母親が殺された？

柳瀬はあっと思った。

正彦の口から「神谷」という姓を聞いたとき、記憶の中で蠢いたもの。その正体が分かったからだ。

最近、市内で起きた殺人事件。確か、被害者の名前が神谷ミサエだった。

あれが……。

新聞やテレビ等の報道によれば、被害者は、全裸に近い格好で、帰宅した子供によって発見されたらしい。頭部を鈍器で殴られ、ストッキングで首を絞められ殺害されたようだった。顔はファウンデーションが一部塗られた状態で、遺体が化粧台のそばで発見されたことから、被害者が鏡に向かって化粧中のところを犯人がいきなり襲いかかり、殺害した後で、衣類を脱がせたように見うけられた。ドアや窓を無理やりこじ開けたような痕跡《こんせき》がなく、遺体の近くに、被害者の下着とガウンが脱ぎ捨てられており、金品などが盗まれた形跡もないことから、盗み目的ではなく、顔見知りによるレイプ目的の犯行ではないかとみなされていたが、犯人はまだ逮捕されていなかった。

この事件を知ったときは、よくある「痴情のもつれ」系かと思って、事件そのものにはたいして興味をひかれなかったのだが、市内で起きた殺人というので、その点にのみ関心があった。

まさか、あの被害者が、正彦を苛めていた同級生の母親だったとは……。

「神谷の奴さ、北海道へ行っても、きっと新しい学校でも『イキニエ』ごっこ、続けると思うよ」

正彦が言った。新聞を広げたまま、やや茫然《ぼうぜん》としていた父親にではなく、隣の母親に話しかけるような口調だった。

「そうかしら」

「だってさ、『イキニエ』ごっこって、あいつにとっては、友達作りみたいなもんだから」

「友達作り？」

「うん。僕、最初はあいつの気持ちが全然分からなかったんだ。『イキニエ』なんてやって、何が面白いのかなって思ってた。クラスメート一人を孤立させて、何が楽しいのかなって。でも、僕が『イキニエ』になっていた間、ずっと独りでいた間に、あいつの気持ちが少し分かったような気がした。あいつ、孤独だったんだなって。脅して従わせる手下みたいなのはいても、心を許せる友達とか一人もいなくて、凄く寂しかったんだなって。家も両親が早くに離婚して、母親がしょっちゅう違う男を引き入れてグチャグチャだったみたいで、近所から孤立していて、あいつは小さいときから近所の子たちと遊んだことがなかったらしい。きっと、ふつうの家庭とか、ふつうに友達がいるクラスメートが羨《うらや》ましくて憎たらしくてしょうがなかったんだ。だから、自分と同じ思いを味わわせるために、『イキニエ』を一人選んでいたんだよ」

正彦は淡々と続けた。

「でも、あいつ、勘違いしてる。両親がいるからふつうだなんてさ。外からふつうに見えたって、中身は全然ふつうじゃない家もあるのにさ。ていうか、ふつうって何？　両親が揃《そろ》ってるからふつう？　片親しかいなかったらふつうじゃないの？　ふつうなんてもんが一体どこにあるんだ。僕のうちだって、一応、両親がいて、外から見たらふつうの家に見えるかもしれないけど、お父さん、仕事仕事で殆どうちにいなくて、実態は母子家庭みたいなもんじゃん。あいつんちと同じじゃん。ねえ、お母さん」

「………」

「他にもそういう子、いっぱいいるよ。お父さんが長い間単身赴任してる子とかさ、人前では仲良くしてても家庭内別居状態のうちの子とかさ。両親が共働きで鍵《かぎ》っ子《こ》の奴とかさ。ふつうの子なんてどこにもいない。幸せなうちに住んでる子なんて殆どいない。みんな寂しがってる。だから、せめて学校で友達作ろうって思ってるのに。それをあいつは自分だけが孤独だと思って」

「正彦……」

「僕はあいつに同情なんかしない。気持ちは分かったけど、絶対に許さない。母親があんな目にあって、ざまあみろとまでは思わないけど、可哀想だとは思わない。こんなこと言ったらお父さんにまた怒られるかもしれないけど、殺人という行為そのものは絶対に否定するけど、正直いって、あいつのお母さんを殺してくれた犯人には感謝している」

「………」

「そのおかげで僕は救われたんだもん。あいつのお母さんが死んでくれたおかげで、あいつが転校することになって、今まで僕をシカトしてた連中がみんな前と同じように友達扱いしてくれるようになったんだもん。僕が学校へ行けるようになったんだもん。教師にも親にも解決できなかったことを、『憎むべき殺人犯』が解決してくれたなんて、なんか皮肉だよね」

そう言って微かに笑った正彦の目がじっと父親を見ていた。そのどこか醒《さ》めた眼差しに背筋がヒヤリとした。息子がこんな目をして話すのをはじめて見た思いがした。

「人は悲しみが多いほど人に優しくできるとか何とかいう歌あるじゃん。あれってウソだよね。僕、自分で経験してみて分かったんだ。人は悲しみを経験しても優しくなんかならない。狡《ずる》くなるんだ。悲しみや苦しみを多く経験するほど他人に対して狡くなるんだよ。優しくなるんじゃない。優しいふりをする狡さを身につけるんだ」

正彦は淡水のような目で柳瀬を見つめ続けながら言った。

「お父さん。苛めってさ、子供の世界だけじゃないみたいだよ」

「え……？」

「僕さ、学校行ってない間、うちでずっとネットやってたんだよね。『苛め』とか『ひきこもり』って検索して、色んな掲示板やサイト見てたんだ。ネットの中には、僕と同じような境遇の奴って、けっこういてさ。驚いたのが、『苛め』にあって『ひきこもり』になっている人の中に、四十代から五十代くらいのサラリーマンもいたんだよ。中間管理職っていうのかな。そういう人たち。大手企業の人もいたな。なんかねぇ、『苛め』っていってても上司や同僚との個人的なトラブルだけじゃなくて、会社が仕組んでるみたいなんだよね。勤続何十年で、給料ばかり高くなって、あまり役に立たなくなってきた中高年の社員って、会社にとって『お荷物』みたいでさ。辞めて欲しいんだけど、労働組合とかがあって、会社の都合だけでクビにするわけにもいかないんで、あの手この手を使って嫌がらせするんだって。大して用もないのに、あっちこっちに転勤させてみたり、逆に何にも仕事与えないで死ぬほど暇にさせて、凄くストレス与えて、自分から会社を辞めたくなるようにさせてるんだって。これって、完全に『苛め』だよねぇ」

「…………」

「お父さん、今、四十五歳だよね？　課長か何かだっけ？　気を付けた方がいいよ。もし、そんな『苛め』にあったら、家族のために我慢するなんてカッコつけないで、会社、休んでうちにひきこもったっていいんだからね。お父さんがそうなったって、僕は男らしくないとか人間のクズだなんて言わないから。次の仕事が見つかるまで好きなだけひきこもってていいよ」

柳瀬が言うべき言葉をなくしていると、正彦は、急に明るい声になって、話題を変えるように言った。

「あ、そうだ。お母さん、今日の午後、友達遊びに来るんだけど、いい？」

「友達って何人？」

「三人」

「いいわよ。お母さんが腕によりをかけてごちそう作ってあげる」

「ほんと？」

正彦は嬉しそうに笑った。そんな息子の顔を、佐知子は目を細めて見つめている。

「『イキニエ』ごっこは終わったから、今度は友達ごっこのはじまりさ」

正彦はサラリとした声で言った。

「なに、その友達ごっこって？」

「誰も傷つけない新しい遊びだよ……」

6

柳瀬は、複雑な気持ちで押し黙ったまま、新聞に視線を戻し、読みかけのエッセイの続きを目で追った。

「……その女性もカラスに頭をつつかれたそうで、額から血を流していたという。なにせ、子供のことなので、お礼も言わず、その方のお名前も訊かなかったらしい。子供の話では、ちょうど私くらいの年配の女性だったというから、四十歳前後の方らしい。

五月六日の午後五時頃のことである。息子を助けてくれた方には、この場を借りてお礼を申し上げたい。

さて、そのカラスだが、どうやら、息子は巣から落ちたカラスの子を見つけて、好奇心から近寄ったらしい。それを木の上から見ていた親カラス（母カラスだろうか）が、我が子に危害を加えられると勘違いしたようだ。それで、猛然と息子に向かってアタックを開始したというわけだった。

カラスにはカラスの事情というものもあったのである。理由もなく襲いかかったわけではないらしい。我が子を守ろうという母の情というか本能がその動機だったのだ。そう考えると、同じ子を持つ母として、なんとも怒るに怒れない気持ちになった。

真っ黒でグロテスクな外見のせいか、獰猛《どうもう》な鳥に思われがちなカラスだが、私の知る限りでは、カラスは知能が高く、理由もなく人を襲うことはないそうだ。

若い頃、東北を一人旅していたときに、さびれた遊歩道につい踏み込んでしまって、雑木林に棲《す》み着《つ》いていたカラスの群れに一斉に騒がれたことがあった。その凄《すさ》まじい騒ぎぶりに、一瞬、襲われるのではないかと恐怖すら感じて足を速めたのだが、カラスたちは時折鳴き合うだけで、次第に静かになって、私は何事もなく遊歩道を歩き通せた。

今から思うと、カラスが騒いだのは、自分たちのテリトリーに不審者が入ってきたので、警戒して知らせ合っただけなのだろう。恐怖を感じたのはカラスも同様で『お互い様』だったのかもしれない。

時に野生動物が人間に牙《きば》をむくのは、人間があまりにも傍若無人に彼らの領分を侵しているからではないか。あるいは、彼らをペット扱いして、気まぐれに餌付《えつ》けなどして、人間の領分に無造作に引き入れてしまっているからではないのか。

乱獲を慎むべきなのは勿論だが、絶滅に瀕《ひん》した希少種だからといって、特定の動物だけを過剰に保護するのも考えものである。たとえ、その種を絶滅の危機に追いやった原因が人間側にあったとしても。乱獲も過保護も共に生態系のバランスを崩す要因になる。

生物界は人知を遥《はる》かに超えた複雑で絶妙なバランスのもとに成り立っているように見える。この生態系を研究するのは大いにけっこうだが、生態系を『守る』などという発想そのものが、自分たちが生物界をコントロールできると考えている人間の傲慢《ごうまん》さではないのか。

枯れ葉が枝から落ちて朽ち果てようとも、その木には、また新しい芽が吹くように、自然界には、人間などが存在する以前の太古から、生・死・再生の理《ことわり》が厳然とある。落ちた枯れ葉を接着剤で無理やり枝にくっつけるような真似をしても、それは、『生』の偽装でしかない。多くの科学技術や最新医療などと呼ばれているものは、結局、この『接着剤』の延長にすぎないように思われる。

生きるものは滅びるまで生き、滅びるときがきたら滅びるに任せればいいではないか。人間は自然界のほんの一部にすぎない。『環境に優しく』などという空々しいスローガンを掲げて、地球環境をコントロールしようなどと思い上がらず、他生物との棲み分けをキッチリとして、交流はしても干渉し合わず、互いの領分を守り合って暮らせば、無駄に殺し合ったり争うこともなく、多くの生物が共存共栄できるのではないだろうか」

エッセイはこんなしめくくり方をしていた。

しかし、柳瀬の目はいたずらに活字を追うばかりで、途中からエッセイの中身など頭に入ってこなかった。頭の中には、恐ろしい疑惑が渦巻いていた。

いつだったか、佐知子もカラスにおでこをつつかれたとか言っていた。夜、帰宅したら、妻が額に絆創膏《ばんそうこう》を貼《は》っていたので、「どうしたんだ？」と訊いたら、「朝、ゴミ出しに行ったときに、生ゴミを漁っていたカラスを追い払おうとして襲われた」のだという。二、三日で治るような怪我だったので、特に気にもとめなかったのだが。

あれは確か……。

記憶の糸を手繰りながら、柳瀬は思わず声をあげそうになった。あれは、奇《く》しくも、このエッセイストが書いている日と同じ五月六日ではなかったか。偶然はそれだけではない。神谷ミサエ殺害のニュースをテレビの報道で知ったのもこの日の夜だった。

柳瀬の心臓が嫌な音をたてて鳴りはじめた。

五月六日の午後五時頃、「東京郊外にある親戚の家」に遊びに来ていたエッセイストの子供を助けようとした「四十歳前後の」女性がカラスに額をつつかれた日に、奇しくも、同じ東京郊外に住む四十一歳になる佐知子が生ゴミを出そうとしてカラスに額をつつかれた。しかも、その同じ日に、正彦を苛めていた同級生の母親が何者かに殺害された……。

これは全て偶然の一致にすぎないのか。

神谷ミサエを殺害した犯人は、今のところ、現場の状況から、「顔見知りによるレイプ目的の犯行」であるように思われている。だが、被害者が、実際に性的暴行を受けていたかどうかは、報道によれば曖昧《あいまい》で、確かなことは分からない。「被害者は、全裸に近い格好」とか「レイプ目的か？」という表現はあっても、「レイプされていた」と断じるメディアはどこにもなかった。

ひょっとすると、神谷ミサエは衣類を脱がされていただけで、性的暴行は受けていなかったのかもしれない。となると、必ずしも男が犯人とは限らない。被害者の異性関係の乱れを知っていた犯人が、男の犯行であるかのように装ったとは考えられないか。

犯人は女である可能性もある……。

あの日、犯人は被害者のマンションを訪ね、鏡に向かって化粧中だった被害者と何らかの諍《いさか》いがあり、手近にあった鈍器で彼女の頭部を殴り、ストッキングで首を絞めた。計画殺人というより、発作的な犯行のようだった。

柳瀬は、さきほど佐知子が言った言葉を思い出した。神谷ミサエと話している最中、その誠意のかけらもない投げやりな態度に「思わずかっとして」と言いかけた。その後、はっとしたように黙り、「……こんな人とこれ以上話してもしょうがないと思ったから、そのまま帰ってきたけれど」と続けた。

本当にただ帰ってきただけなのか。それも彼女のマンションを訪ねたのは去年の話だと言っていたが、本当に去年だったのか。たまたま、去年、彼女と会ったときも化粧の最中で、何者かに殺害されたときも化粧の最中だったのか。

何もかもが偶然にすぎないのか。

それとも……。

おまえなのか。

柳瀬は妻を見た。

佐知子。

おまえがやったのか。

妻に向かってそう叫びたい衝動に駆られた。

そんなはずないよな。あれをやったのがおまえだなんて。俺の考えすぎだよな。妄想にすぎないよな。

佐知子と正彦はまだ喋りながら食事をしていた。

思えば、物心ついてから、正彦は食事のとき、父親の隣に座ろうとはしなかった。いつも母親の隣に当然のように座っていた。

「ほら、またこぼして」

佐知子は微笑みながら、フキンで正彦のこぼしたおかずを拭《ふ》き取《と》っている。

柳瀬は、それを声もなく慄然《りつぜん》と見つめていた。レースのカーテン越しに差し込む朝の日差しが、三人が囲む食卓に一筋の線を投げ掛けていた。

食卓をまっぷたつに分けるように伸びた光の筋が、今の柳瀬の目には、妻子と自分とを隔てる境界線のように見えた。

烏《からす》　なぜ啼《な》くの

彼の脳裏に優しい女の歌声が響いた。佐知子の声だった。正彦が赤ん坊の頃、よく佐知子が口ずさんでいた野口雨情の「七つの子」が、うつろになった柳瀬の頭一杯に響いていた。

可愛　可愛と
烏は啼くの
可愛　可愛と
啼くんだよ

たつまさんがころした

1

窓の外の街路樹にはすでに秋の気配が忍び寄っていた。喫茶店の奥まった席で、アイスコーヒーのストローをくわえて、ぼんやりと外を眺めていた島田春美《しまだはるみ》は、なんとなく溜息《ためいき》をついて、腕時計を眺めた。約束の時間をとうにすぎていたが、姉の夏美《なつみ》はまだ現れない。

今年の六月に結婚して、出版社勤めと主婦業を両立させている夏美にとって、土曜の午後というのは、たまった洗濯物を洗ったり、部屋の掃除をしたりで、何かと忙しいのだろう。

先日、電話したときも、「共働きなのに、カレは何もやってくれないんだよォ」と、のろけ混じりにこぼしていた。

とはいえ、何事も計画的にテキパキとこなすしっかり者の姉のことだ。この先もうまく仕事と家庭を両立させていくだろう。そして、おそらく子育てさえも。

「……でね、お気の毒に、お子さんの方は助からなかったんですって」

そんな声がふいに春美の耳に飛び込んできた。

目をあげると、通路を挟んで斜め前方に座っていた年配の奥様風の女性が、小指をたてた手つきで、コーヒーカップを口元まで運びながら、春美からは背中しか見えない連れらしき人物に話しかけていた。

初老の婦人の細面の顔には、上品そうな微笑が浮かんでいる。傍らには、買い物帰りなのか、老舗《しにせ》デパートの紙袋が置かれていた。

連れが何か答えていたが、それはよく聞き取れなかった。

子供は助からなかった……？

春美は厭《いや》な話を聞いてしまったなというように眉《まゆ》をひそめた。とっさに姉が今妊娠していることを連想してしまったのだ。四カ月に入ったばかりだと姉は言っていた。

「ハネムーンベイビーじゃない？」と言うと、夏美はやや沈黙した後で、「かもね」と軽く答えた。

春美には、あのときの姉の沈黙が少し気に掛かっていた。なぜ、姉は黙ったのだろう。

その後、話題を断ち切るような調子で「かもね」などと言ったのだろう。

春美は頬杖《ほおづえ》をついた。

あれから半年がすぎた。

あの日も姉を待っていた。あれは、四月になったばかりの、やはり土曜日の午後だった。

2

インターホンを鳴らしても姉は出なかった。留守かと思いながら、試しにノブを回してみると、ドアは開いた。玄関で声をかけてみたが応答はない。今日の午後二時に訪問することは前もって知らせてあったし、ドアが施錠されていないところをみると、何か急用でもできて、ちょっと出掛けただけだろうと思いながら、春美は中に入った。

玄関の靴箱の上の花瓶には、春らしく、かすみ草と薄紅色のカーネーションの束が飾られている。1LDKの部屋は、妹が来るというので慌てて掃除したわけでもあるまいが、奇麗に片付いていた。

夏美が大学を卒業すると同時に、実家を出て、勤め先の出版社に近いこの賃貸マンションを借りたのが三年前だった。

姉の部屋に遊びに来るたびに、そこに漂う自由きままな雰囲気に、両親との同居を余儀なくされていた春美は、あたしも就職したら、こんな風に一人暮らしがしたいなとずっと憧れていた。しかし、そのささやかな夢は実現しそうもなかった。この春、大学を卒業したばかりの春美は、早くも六月に結婚式を控えていた。

半開きになったガラス戸からは、風に運ばれた桜の花びらがハラハラとフローリングの床に舞い込んでくる。

リビングのテーブルの上に、ガラスのうさぎの置物で重しをしたメモがあった。

「ちょっと買い物に行ってきます。十分くらいで帰るから。夏美」

春美はそれを読むと、肩にかけたショルダーをソファの上に投げ出し、ベランダに出てみた。

ベランダには敷き詰めたように桜の花びらが散っていた。思わず深呼吸する。日ごとにあたたかくなる春の空気は、そこかしこで満開を誇っている桜の匂いに満ちていた。

夏美は洗濯物を干しかけていたようだ。ベランダに出された洗濯かごの中には洗ったばかりの洗濯物がそのままになっていた。

春美はそれを一枚一枚ハンガーに吊《つ》るしはじめた。女ものの衣類に交じって、男ものと思われる靴下があった。

姉が大学の先輩にあたる森川《もりかわ》という男と卒業後も付き合っているのは知っていた。まだ続いているのかと、その靴下を干しながら春美は思った。

「だるまさんがころんだ」

甲高い声にふと見ると、下の敷地に数人の子供が集まっていた。小学生くらいの子供ばかりだ。近所の子供だろうか。

青いトレーナーの男の子が一人、向かいの民家の壁ぎわに立って背中を見せ、「だるまさんがころんだ」と早口に言っては振り返る。「鬼」が振り向くと、てんでに動いていた数人の子供たちが動きをとめた。動いたところを見つけられた子供は代わって「鬼」になるという昔ながらの遊びである。

「だるまさんがころんだ」か。

あたしも小さいときやったっけ。鬼ごっことか缶蹴りとか、この手の遊びは、テレビゲームなどの今風の遊びに追いやられて、とっくにすたれたと思っていたが、そうでもないらしい。

春美は洗濯物を干し終えたあとも、ベランダの手摺《てす》りにもたれたまま、子供たちの遊びを眺めていたが、そのうち飽きて、部屋の中に入った。

ソファに座り、手近にあった雑誌を手に取った。外からは相変わらず、「だるまさんがころんだ」と叫ぶ甲高い子供の声が定期的に響いてくる。

春美の目は雑誌の頁《ページ》を追ってはいたが、心はうつろだった。頭の中にはある心配ごとが渦巻いている。今日、姉のマンションを訪問したのは、ただ遊びに来たわけではなかった。

春美には今、思い悩んでいることがあった。こんな秘密を一人で抱え込んでいるのに耐えられなくなった。誰かに打ち明けて、この先どうするべきか相談したかった。とはいうものの、両親はもちろん、友人にも話せない。話せるとしたら、三歳年上の姉しかいない。そう思い詰めて来たのだ。

夏美なら、辰馬《たつま》を紹介してくれた張本人だし、何よりも、あの夜、春美が辰馬のマンションに泊まったことを知っている唯一の人間だったからだ。

しかし、いくら冷静でしっかり者の姉でも、春美が今悩んでいることを聞いたら、さぞ驚くに違いない。一週間前の土曜の夜、新宿のラブホテルで起きたＯＬ殺人事件に、夏美の大学時代の友人で、今は春美の婚約者である、あの宮下《みやした》辰馬がかかわっているかもしれないなどと聞いたら……。

雑誌を上の空でめくりながら考え込んでいた春美の心臓がドキンと鳴った。

え？

今なんて言った？

春美は反射的にベランダの方を振り返った。

ある声が聞こえたのだ。

その声は外から耳に飛び込んできた。まだ変声期前の子供の声で。

春美は雑誌を置くと、もう一度ベランダに出てみた。

「だるまさんがころんだ」

今度はそう聞こえた。下の敷地で遊ぶ子供たちの様子に変わったところはない。「鬼」の男の子は繰り返し、同じ言葉を叫んでは後ろを振り向く。

空耳だったんだろうか、さっきのあれは。あの子は「だるまさんがころんだ」と言ったのだ。

それなのに……。

あたしの耳にはハッキリとこう聞こえたのだ。

「たつまさんがころした」と。

3

春美には子供の頃から妙な癖があった。

何か困難な問題にぶつかったり、二者択一を迫られ、どうしても決断がつかないときに、その答えが、ふいに天からのお告げのように降ってくるのである。それは、たいてい、「空耳」のような形を取った。

たとえば、高校のとき、進路を決めるときもそうだった。大学に進学するとは決めていたのだが、どの大学にするかを決めかねていた。姉の通っている共学にするか、伯母が薦める女子大にするか迷っていた。

もともと優柔不断な性格で、その日着ていく服を決めるのさえ、えらく時間のかかる春美は、この選択に、ぎりぎりまで迷っていたのだが、たまたま学校帰り、擦れ違った主婦らしき二人連れの一人が、大きな声で、「セイカよ。セイカに決まってるじゃない」と言うのが耳についた。春美は思わず振り返った。一瞬、自分に向かって投げかけられた言葉かと思ったのである。

伯母の推薦する女子大は、「聖華女学院」、通称「聖華」と呼ばれていた。春美には、この通りすがりの主婦が、「聖華よ。聖華に決まってるじゃない」と言ったような気がしたのだ。

二人連れは春美の方など見向きもしなかった。何の話をしているのか、楽しげにペチャクチャと喋りながら遠ざかって行った。あの主婦が、はたして「聖華」と言ったのかどうかは分からない。「セイカ」と言っても、「成果」とか「生家」の意味だったのかもしれない。そもそも「セイカ」と発音したのかさえ定かではなかった。だが、春美の耳には、ハッキリと確信ありげな声で、「聖華よ。聖華に決まってるじゃない」と言ったように聞こえたのである。

その声を聞いたとき、春美の中にあった迷いが嘘《うそ》のように消えた。自分の行くべき大学は女子大の方だ。それ以外にはありえない。そう心が決まったのである。心が決まると、受験勉強にも集中できたし、大学に入ったあとも、全く後悔することなく学園生活を満喫できた。

こういうことが一度や二度ではなかった。姉の紹介で付き合いはじめた宮下辰馬から、昨年の秋、「大学を卒業したら結婚して欲しい」と言われたときもそうだった。

女子大生の空前の就職難と言われる時代だったが、父のコネで、ある大手企業の事務職に就職が内定していた春美は、正直なところおおいに迷った。辰馬は、「結婚したら家庭に入って欲しい」と要求してきたからだ。辰馬のことは好きだったし、できればいずれこの人と、と密かに決めてはいたものの、卒業と同時に家庭に入ってしまうのはあまりにも早すぎる気がした。せめて、三、四年は社会の空気を吸って自由気ままに暮らしたい。二十五歳くらいまで勤めて、あとは家庭にという無難な人生設計を春美は漠然とたてていたのだが、辰馬の様子ではとても三、四年も待ってくれそうには見えなかった。

どうしようか。返事をしなければならない日まで迷ったあげく、春美に最後の決断をさせたのは、朝、なにげなくつけたテレビだった。リモコンでテレビをつけると、いきなり画面に出てきた若い男のキャスターが、まるで春美だけに話し掛けるように、「やはり何といってもケッコンが一番でしょう」と言ったのにはびっくりした。春美は自分の耳を疑った。あとになって、あのキャスターは「結婚が一番」と言ったのではなく、「健康が一番」と言ったのではなかったかと思うことがあったが、そのときには、春美の耳にはハッキリとそう聞こえたのである。

しかも、そう聞くなり、今までの迷いが消え、どう考えても、自分には結婚の方が向いていると思えてきたから不思議だった。

あれを「お告げ」と言わずしてなんと言おう。

そして、今、また、この部屋で、あの「お告げ」を聞いたのだ。甲高い子供の声を借りて。

「たつまさんがころした」

天の声は春美にそう告げたのである。

4

「ごめんごめん、待った？」

ドアの開く音がしたかと思うと、紙袋をさげた夏美が、息を切らして戻ってきた。

「春美の好きなマロングラッセ買ってきたよ」

夏美はそう言いながら、キッチンに入って行った。

春美はぼんやりとした表情でソファに座ったままだった。表からは、まだ子供の声が聞こえている。

「あたしに相談ごとがあるんだって？」

夏美がキッチンのカウンターごしに大声で訊ねた。

「…………」

「春美」

「え？」

春美は夢から覚めたような顔をした。

「どうした？　ボーッとして」

お茶の用意をしながら、夏美は妹を見た。

「ま、ボーッとしてるのはいつものことだけど」

「うん、ちょっと……」

「相談って何よ。電話じゃ、辰馬のことだって言ってたけど」

「あたし、このまま結婚していいのかな」

春美は独り言のように呟いた。

「ちょっと、今さら何言ってんの」

夏美は呆《あき》れたような顔をした。

「辰馬と何かあった？」

「この前の土曜の夜、新宿のラブホテルでＯＬが絞殺されたって事件知ってる？」

「ああ、そういえば、そんな事件あったみたいだね。それがどうかした？」

夏美は何を言い出すのかというような顔で妹の方をじっと見ていた。

「被害者は辰馬さんの勤めてる会社のＯＬだったんだよ」

「……へえ」

「山口美奈《やまぐちみな》って名前、辰馬さんから聞いたことない？」

「それが殺されたＯＬの名前？」

「うん。年は二十九歳」

「山口美奈ねえ」

夏美は思い出すように一点を見つめていたが、すぐに頭を振った。

「ない。聞いたことないね」

「本当にない？」

春美は執拗《しつよう》に食い下がった。

「なんであたしに訊くのよ」

怪訝《けげん》そうに夏美は訊き返した。

「辰馬に直接訊けばいいじゃない」

「訊いたよ。そうしたら、同じ会社といっても、彼女は総務か何かで、彼は営業だから、ぜんぜん面識なかったって」

「なんだ。だったらあたしに訊くことないじゃない」

　夏美は笑った。

「でも、その山口美奈という女性と辰馬さん、もしかしたら親しかったんじゃないかって気がしてしょうがないんだ。いくら課が違うからっていっても、同じ会社なんだから知り合うチャンスはいくらでもあっただろうし」

「辰馬が嘘ついてるって言うの」

　夏美の顔から笑みが消えた。

　春美は黙って頷いた。

「なんで嘘つかなきゃならないのよ」

「山口美奈を殺したのは、一緒にホテルに入った若い男らしいのよ。凶器はバスローブの紐《ひも》だったというから、計画的なものではなくて、口論か何かの末の突発的な犯行だったらしいんだけど」

「春美。あんた、まさか」

　夏美が鋭い声で遮った。

「辰馬を疑ってるんじゃないだろうね」

「…………」

　春美はしばらく黙っていたが、思い切ったように言った。

「辰馬さん、あたし以外に付き合っている人がいたみたい。一緒にいるときも時々携帯に変な電話がかかってきたし、彼は会社の同僚とか言ってたけど、相手は女じゃないかなって気がしてた。だって、話してる間の返事が短すぎるし、かかってきたあと、なんとなくソワソワしてたし」

「携帯の着信履歴見てみた？」

「見てないよ。いくら婚約者だって、他人の携帯、勝手に見るなんて」

「あんたらしいね。あたしなら、怪しいと思ったら、トイレにでも立った隙《すき》にチェックして、たとえ男名になっていてもリダイヤルして確かめてやるんだけど」

夏美はそう言いかけ、思い出したように、

「ちょっと待って。事件が起きたのは先週の土曜の夜だって言ったよね」

「うん」

「だったら、辰馬にはアリバイがあるじゃない。あの夜、あんたは辰馬のマンションに泊まったんでしょ？　いくら婚約した仲でも、彼氏のマンションに泊まるとは両親に言いづらいから、あたしの所に泊まったことにしてくれって電話かけてきたじゃない」

「そうだけど」

春美は硬い表情のまま答えた。

「あの夜、彼、外出した？」

「ううん」

「それじゃ、彼が犯人ってことはありえないじゃない」

「でも、あの夜、七時頃だったかな、彼の携帯に変な電話がかかってきたのよ。彼は、あたしを意識してるみたいで、あまり喋らなかった。『ああ』とか『うん』とか、『分かった』とか言って切ってしまったの。『誰から?』って訊いたら、『大学時代の知り合い。この前、偶然飲み屋で会ってさ、また一緒に飲もうって話になって……』みたいな言い訳っぽいこと言って。その後、どことなく落ち着かなくなって」

「だけど外出はしなかったんでしょ」

「あたしが起きている間はね」

「どういうこと?」

「電話がかかってきた後で、彼、急にワイン飲もうって言い出したのよ。そうしたら、グラスに一杯飲んだだけで、あたし、急に酔いが回って眠くなっちゃって。ワインを一杯飲んだくらいであんな風になったのははじめて。今から思うと、あのワインの中に何か入ってたんじゃないかって気がする。だって、目を覚ましたのは、翌日の昼近くだったんだもん」

「何かって、何?」

夏美は鋭い目になって訊ねた。

「たぶん睡眠薬か精神安定剤みたいなものだと思う。あたしを眠らせて、その隙に電話の女に会いに行ったんじゃないかなって。きっと別れ話か何かするつもりだったのよ。それがこじれて」

「辰馬が殺した？」

夏美は信じられないというように声をあげた。

「……かもしれない」

「まさか。ありえないよ。そんなの」

夏美は一笑に付した後で、真面目な表情になって言った。

「春美。あんた、それはいわゆるマリッジ・ブルーってやつよ。結婚生活への不安がそんな妄想を生み出したんだよ」

「妄想じゃない」

「何か証拠でもある？　ワインの中に薬が入っていたという証拠とかさ」

「証拠はない。だって、あたしが起きたとき、ボトルは空になっていて、グラスも奇麗に洗ってあったし。だけど、思い出してみると、辰馬さんはあのワインに自分では口をつけなかったような気がする。やっぱり、あの中に何か入っていたとしか思えない」

「すきっ腹にいきなり飲んだものだから、悪酔いしただけじゃないのかなぁ」

夏美は疑わしそうに言った。

「違う。あたし、お酒はそんなに強い方じゃないけど、ワインをグラスに一杯飲んだだけで前後不覚になんかなったことない」

「だけどさ、どう考えても、人なんか殺せる奴じゃないよ、あいつは」

「あたしだってそう思いたいけれど……さっき、アレ、聞いちゃったんだ」

「アレ？」

夏美は訊き返した。

「そう。いつものやつ。子供の声で『たつまさんがころした』って」

5

「たつまさんがころした？」

夏美はポカンとしていたが、声をあげて笑い出した。

「馬鹿ねえ。それなら、『だるまさんがころんだ』って言ったんだよ。下で遊んでた子供たちが」

「でも、一度だけ、たった一度だけ、ハッキリと聞こえたのよ。『たつまさんがころした』って。あれはお告げだと思う。子供の声を借りて、新宿のホテルで起こったＯＬ殺しの犯人は辰馬さんだと教えてくれたんじゃないかって」

「誰が？　神様が？」

夏美は白けたような顔になって、キッチンを出ると、春美のそばにやってきた。

「あんた、まだ信じてるの？　天のお告げだなんて。そんなものあるわけないじゃない。辰馬を疑っていたから、子供の声をそんな風に聞き間違えただけよ。ただの空耳だよ」

春美が、最初の「お告げ」を聞いたとき、真っ先にその話をしたのは、この姉だったが、あのときも、「お告げ」だとか「霊感」だとかを全く信じない夏美は、「そんなの、ただの空耳だよ」と鼻先で笑いとばしただけだった。

八月生まれの長女を夏美、三月生まれの次女を春美と名付けたのは二人の父親だったが、よくぞ付けたと思う。

名は体を表すというが、夏美の性格は、まさに真夏に輝く太陽のように烈しくハッキリとしていた。開放的で行動的、何事も曖昧さを嫌い、女の子にしては理詰めの考え方を好んだ。他力本願が嫌いで、自分の力で人生を切り開いていくタイプだった。

それにひきかえ春美の方は、春霞《はるがすみ》のようにどこかウスボンヤリとしていて、引っ込み思案で消極的、自己主張が苦手で、自分の運命を何か大きなものにすっかり託して、ただそれの命ずるままに従うという、運命論者みたいなところがあった。

顔立ちはよく似た姉妹だったが、性格は正反対といってもよかった。

「あのねえ、あんたが聞いたのは、天のお告げなんかじゃないの。心理学的に言うなら、春美の無意識にある願望が『空耳』という形になって表れただけ」

夏美は妹を哀れむように見ながら言った。

「無意識にある願望？」

「そう。大学を決めるときも、辰馬との結婚を決めたときも、あんたは天のお告げを受けて決めたなんて思い込んでるようだけど、そうじゃない。それはまったく逆。あんたは自分で選んで決断したんだよ。無意識のうちにね」

「無意識って……」

「自分の意識しない深いところにある本音とでもいうのかな。『聖華』を選んだのも『結婚』を選んだのも、お告げなんかじゃない。あんた自身がそうしたかったからだよ。ただ、自分でそれを意識してないから、外から耳に入ってくる沢山の情報の中から、その無意識の願望にあてはまる言葉だけを、これまた無意識に選んでキャッチしていたにすぎないんだよ」

「…………」

「あんた、自分でちゃんと決断してたんだよ。でも、臆病なもんだから、自分のすることは全部天のおぼしめしなんだ、運命なんだって思い込むことで、失敗や後悔を避けようとしているんだ。宗教とか占いとかにはまる人はみんなそう。臆病で怠惰なんだよ。自分以外のものの力に頼って、それに従っていれば楽ちんだものね。あとで失敗だったと分かっても、あたしはこういう星のもとに生まれてきたんだ、みんな運命なんだって、ぜーんぶ神様とかのせいにすることができるじゃない。事前の精密なリサーチや的確な情報分析を怠った自分の不甲斐《ふがい》なさを責めなくても済むじゃない。そんなのは怠け者の自己欺瞞《ぎまん》にすぎないよ」

「それじゃ、辰馬さんがOL殺しの犯人だというのは……」

「あんたが無意識にそう思い込みたがっているだけ。『たつまさんがころした』って声は、子供の声じゃなくて、本当はあんたの心の中の声なんだよ」

「あたしが、辰馬さんが殺人犯だと思いたがっているって言うの、お姉ちゃんは」

春美はつい声をはりあげた。

「そうとしか思えないね」

「なぜ。なぜよ」

「だから、さっき言ったでしょ。一種のマリッジ・ブルーだって。相手にせっつかれて、決断はしたものの、どっかにまだ迷いや不安があって、挙式の日が近付くにつれて、それがだんだん膨れ上がってきたんじゃないかな。あんたは今、結婚はしたいけどしたくないっていうアンビバレントな感情の板挟みになってるんだよ。もう少し年を食って、やりたいことをやり尽くしてから家庭にはいる決心をしたなら、そんな迷いはないだろうけど、あんたの場合は大学を出てすぐだからね、まだ早い、したいことは何もしていないって不満が心のどこかに根強く残ってるんだよ。それで、たまたま辰馬の会社のOLが殺されたというニュースを知って、その犯人が辰馬ではないかと思い込むことで、目の前に迫ってきた結婚という現実から逃げようとしてるんだよ」

「そんな……」

夏美の理路整然とした言い方に圧倒されて、春美は何も言えなかった。いつもそうだ。姉の自信たっぷりな話しぶりに圧倒され、最後にはそんなものかなと思わされてしまう。

「でもさ」

そこまで意気揚々と喋っていた夏美がふと眉を曇らせた。

「もしそうだとすると、辰馬との結婚は早まらない方がいいかもしれないね」

夏美は呟くように言った。

「え……」

「辰馬がOL殺しの犯人であろうとなかろうと、春美の心の底には、結婚そのものを嫌がる気持ちと、辰馬本人に対する強い不信感があることは確かだよね。不信感があるからこそ、そんな幻聴を聞いてしまうわけだからね」

「幻聴……？」

「たとえ、OL殺しの真犯人がつかまって、辰馬が無関係だったと分かっても、結婚を嫌がる気持ちと、相手を信じ切れない不信感があるうちは、一緒になってもうまくいかないんじゃないかな」

夏美は彼女の魅力の一つである強い輝きを放つ目で妹の顔を見つめた。こんな目で見られると、まるで暗示にかかったようになってしまう。

「今だから言うけど、あたしもちょっと早いんじゃないかなって思ってたんだ。せっかく大学を出たんだから、せめて二、三年は社会に出て、家庭と学校以外の空気にも触れた方がいいんじゃないのかなって」

「あたし、どうしたらいい？」

春美は泣きそうな顔で言った。姉には妹の心の中が透かしたように見えているらしい。自分の本当の気持ちというものが、春美にはまるで見えない。「無意識」なんてものを持ち出されると、反駁《はんばく》のしようがないではないか。自分では分からない意識の分野を「無意識」などと呼ぶのだとしたら。

「どうしたらいいって泣きつかれてもね」

夏美は困ったような顔をした。

「そうだなぁ。ここは思い切って、見送った方がいいかもね」

「見送る……？」

「破談にするってこと。今ならまだ間に合うよ。そりゃいろんな所に迷惑がかかるかもしれないけど、春美の一生がかかった問題だからね。慎重すぎてもしすぎることはないと思う。もし事件の犯人がつかまらなかったら、春美はずっと辰馬を疑い続けなければならなくなるだろうし、それに、まさかとは思うけど、万が一、万が一によ、春美の疑惑が的中して、辰馬が犯人だったりしたら大変だ。春美はまだ若いんだから、この先、幾らでもチャンスはあるだろうし。ここは見送った方が賢明かもしれないね」

「でも、何て言って……」

「もちろん、本当のことを言うのはまずいよね。あなたを殺人犯だと疑ってるので結婚できません、なーんてさ。よし。あたしがうまくとりなしてやる。彼をあんたに紹介したのはあたしなんだから、それくらいする義務はあるかも。あたしにまかせなさい」

夏美は自分の胸をドンと拳《こぶし》で叩いて、力強く言った。

頼もしい姉の言葉を聞いて、それまでの黒いモヤモヤがすーっと払ったように消えていくのを春美は感じていた。

6

そうだ。姉はいつも頼もしかった。勝ち気で男まさりの夏美は、小さい頃から、苛められっ子で引っ込み思案の春美の盾になり、矛《ほこ》になり守ってくれた。

それだけじゃない。年頃になって、恋人どころか、ボーイフレンドの一人もできない春美のために、「あたしに似てるんだからもてないはずはない」と言って、もっと魅力的に見せる化粧法や髪形や服装を手とり足とり教えてくれたのは姉だったし、おまけに、自分のボーイフレンドの中から、「あいつなら真面目で誠実で春美向きだから」と、宮下辰馬を選んで、春美に紹介してくれたのも姉だったのだ。

そして、あのあと、夏美は、約束通りに辰馬との間に入ってくれて、辰馬や辰馬の家族の面子《メンツ》を傷つけることなく、うまく破談を成立させてしまったのである。

しかも、それだけでなく……。

春美の回想が途切れた。喫茶店の入り口に待ち人の姿をとらえたからである。

夏美は素早く視線を泳がせて、奥まった席に妹を見つけると、にっこりして手を振った。春美が手を振り返すと、小走りでやって来た。踵《かかと》が七センチはあるだろうと思われるハイヒールが、小柄な夏美をスラリとした格好の良い女に見せていた。

幾分小柄なのを気にして、背を実際よりも高く見せたがっている姉はいつもハイヒールを愛用していた。痩《や》せているので、カシミヤの白いセーターに包まれた腹部がそろそろ目立ちはじめていた。

「話って何？」

向かい合って座りながら夏美はせっかちに訊ねた。

「うんちょっとね。それより、体の方、順調？」

春美は視線をさりげなく、姉の腹部にあてた。

「おかげさまで、今のところは」

夏美はセーターの裾《すそ》を引っ張って腹部を隠すような仕草をした。

「四カ月って言ったっけ？　それにしては、もう目立つね。六カ月くらいに見えるよ」

春美は微笑しながら言って、ストローをくわえた。

「そうお？　スリムな体格っていうのは、こういうとき困るよね。すぐに目立っちゃうから」

夏美は引きつったような笑い方をした。

ウエイトレスが注文を取りに来た。レモンスカッシュを頼んだ夏美は、ウエイトレスが立ち去るのを待って口を開いた。

「で、何、話って」

「たいしたことじゃないんだ。なんとなくお姉ちゃんの顔が見たくなっただけ」

「なんだ。それならうちへ来ればいいじゃない。そういえば、あんた、一度もうちに来たことないね」

「だって、あたしには……」

春美は言いよどんだ。

「まだあのこと気にしてるの？」

「そういうわけじゃないけど。なんか、お姉ちゃんにあたしの尻拭《しりぬぐ》いさせちゃったみたいで、心苦しくて。それに、やっぱりお義兄《にい》さんの顔見るの、なんか気まずいし」

春美は、「お義兄さん」という言葉をやや強調して言った。

「何言ってるの。あたしは別にあんたの尻拭いなんかしてないよ。そんなつもりで彼と結婚したんじゃないし」

夏美は口だけで笑った。

「でも、辰馬さんや辰馬さんの家族に迷惑かけずに済んだのは、予定通りに六月に式を挙げられたからじゃない？　花嫁が妹から姉に代わったというアクシデントはあったけれど」

「……………」

「みんなお姉ちゃんのおかげだと思ってる」

「そんなの恩に着なくていいよ。あたしはあたしなりに、辰馬という男を見直して夫に選んだんだから」

「ほんと？」

「そうだよ。破談を持ちかけたときの彼の態度はあたしが予想してたよりずっと冷静で大人だった。もっとグズグズ未練がましいこと言うかと思ったら、『春美さんがそういう気持ちなら仕方がない』って、潔く承知してくれてさ。あたし見直しちゃった。ああいうときに男の本性っていうか値打ちって分かるんだよね。ふだんは、えらそうなこと言ってても、いざとなったら弱腰になったり女々しくなったりする男って掃いて捨てるほど見てきたから。あ、こいつ、案外、いいかもって惚《ほ》れ直《なお》しちゃった。ちょうど森川と別れたときだったし、辰馬と本気で付き合ってみようかなって思ったんだよ。春美の尻拭いしたわけじゃないって」

「でも、心配じゃなかった？」

「何が？」

「あの事件のこと。辰馬さんがＯＬ殺しの犯人だとはちらっとも疑わなかった？」

春美は姉の目の奥を覗《のぞ》き込《こ》むようにして訊ねた。

例のＯＬ殺しの犯人は、被害者とライブハウスで知り合ったという、行きずりの自称ミュージシャンだった。たわいもない口喧嘩《くちげんか》の末の犯行だったという。宮下辰馬はあの事件とは全く無関係だったのである。春美がその事実を知ったのは、姉の夏美と辰馬との間で婚約が成立したあとだった。

「ぜーんぜん。たとえ弾みでも、彼が殺人なんかできる奴じゃないって信じてたからね。彼には虫一匹殺せないよ」

「そうかな」

春美は手元のおしぼりを畳みながら呟いた。

「そうかなって、どういう意味？」

「本当は、信じてたんじゃなくて、知ってたんじゃない？」

春美は目をあげて、姉の顔を見て言った。

「知ってた？　知ってたって何を」

「辰馬さんがＯＬ殺しの犯人ではありえないってこと」

「何言ってんだよ。意味わかんないよ」

夏美の声が尖《とが》った。語尾が微かに震えている。

「あの夜、辰馬さんと一緒だったでしょ」

「誰が？」

「お姉ちゃん」

「あたし？」

「だから、彼が新宿になんか行ってないのを誰よりも知ってたんじゃない？」

「馬鹿《ばか》言わないでよ。あの夜、辰馬と一緒だったのは春美、あんたの方じゃない」

夏美はそう言って引きつったような笑いを口元に浮かべた。

「前にも言ったでしょ。辰馬さんはあの夜、あたしに睡眠薬入りのワインを飲ませて眠らせてから、こっそりどこかに出掛けたみたいだって。たぶん、帰ってきたのは翌日の朝方だったと思う。あとでＯＬ殺しのニュースを知って、てっきり新宿へ行ったと思い込んでしまったけど、そうじゃなかった。彼があの夜行ったのは、お姉ちゃんのマンションだったんだよね。あのとき、彼の携帯にかけてきたのはお姉ちゃんだったんだよね。あのときだけじゃない。いつも、あたしと居るときに限って、邪魔するように変な電話かけてきたのもお姉ちゃんだったんでしょ」

「…………」

ウエイトレスがようやくレモンスカッシュを運んできた。夏美は飛び付くようにストローをくわえた。

「お姉ちゃん、森川さんと別れたの、本当はいつだったの？」

春美はおっとりとした口調で言った。

「いつって……」

夏美は口ごもった。

「森川さんと別れたのは一年も前だったんじゃないの？」

「え？」

夏美はレモンスカッシュにむせたような顔をした。

「この前ね、偶然、森川さんに会ったんだ。若い女性と一緒だった。そのとき、ちょっと話して知ったんだ。お姉ちゃんが一年も前にあの人と別れてたこと。それであたし、おかしいなって思ったんだ。それじゃ、あの日、洗濯かごに入っていた男ものの靴下はいったい誰のだったんだろうって」

「靴下？」

「そう。靴下。あたしが相談があるといって、お姉ちゃんのマンションを訪ねた日、お姉ちゃんは買い物に出掛けて留守だった。おぼえてる？　あのとき、洗濯物を干そうとしてたんでしょ。洗濯かごに濡《ぬ》れたままの洗濯物が入ってたんで、待ってる間にあたしが干しておいたのを。そのとき、男ものの靴下が一足混じっていたのをおぼえてる。あのときは、てっきり森川さんのだと思ったけれど、森川さんのじゃなかったんだ。だって、もうとっくにあの人とは別れていたっていうんだから。あれは誰の靴下だったの？」

「あれが辰馬のものだったとでも言いたいわけ？」

「違うの？」

「そう思う根拠は何？　自慢じゃないけど、あの頃、あたしは森川以外にも付き合ってる男は何人もいたんだよ。誰のかは忘れたけど、その中の一人だよ、きっと」

夏美は開き直ったような口調で言った。

「本当に？」

「辰馬をあんたに紹介したのは、このあたしだよ。なんで、自分が紹介してやった妹の彼氏をわざわざ奪うような真似しなくちゃならないんだよ」

「お姉ちゃんには昔からそういうところがあったじゃない。飽きた玩具とか洋服とかよくあたしにくれたけど、あたしがそのお下がりに夢中になりだすと、急にあげたのが惜しくなったのか、腕ずくで取り上げたじゃない？　おぼえてない？」

「…………」

「あれと同じだよ。辰馬さんをあたしに紹介してくれたとき、お姉ちゃんはまだ森川さんという新しい恋人がいた。でも、あとになって森川さんと別れたお姉ちゃんは、妹の恋人になってしまった昔のボーイフレンドを取り戻したくなったんじゃないの。それで、あたしに隠れて、辰馬さんに接近した。あの土曜の夜も、あたしが彼のマンションに泊まると知ってて、わざと彼を呼び出したんだよね。辰馬さんはあたしと付き合いながらも、お姉ちゃんがまだ好きだったのかもしれない。だから、呼び出されると断りきれなかったんだ。でも、あたしに二股《ふたまた》かけてるのを知られちゃ困るから、ワインの中にこっそり睡眠薬を入れて、あたしを眠らせてから、部屋を出たんだよ」

「馬鹿馬鹿しい。みんな妄想だよ。春美、あんた、また妄想の虜《とりこ》になってるんだよ。辰馬が新宿のホテルで会社のＯＬを殺したと思い込んだときみたいにね」

夏美は冷ややかな声で言った。

「そのことだけど、あれもお姉ちゃんの仕業だったんだよね」

春美は姉の睨《にら》むような目にひるまず言い続けた。

「仕業って何？」

「お姉ちゃんはあのとき、新宿で起きたＯＬ殺しのことは詳しく知らないって言ったけれど、あれは嘘。本当は、殺されたのが辰馬さんの会社のＯＬだって、ちゃんと知ってたんだよ。あたしがあの事件のことで悩んで、お姉ちゃんに相談したいって電話したとき、お姉ちゃんにはピンときたんじゃない。それであんな小細工をしたんだよね」

「小細工？」

「あの『空耳』のこと。あたしがお姉ちゃんの部屋で聞いた、『たつまさんがころした』って子供の声。あれは、お姉ちゃんの言う通り、『お告げ』なんかじゃなかった。でも、『空耳』でも『幻聴』でもない。男の子はあのとき本当に言ったんだよ。『たつまさんがころした』って。たった一度だけ。お姉ちゃんに頼まれて」

「…………」

「お姉ちゃんは買い物から帰ってきたとき、ベランダのハンガーに洗濯物が干してあるのを見て、あたしが来ているのを知ったんでしょ。それとも、最初から全部計画的で、わざと外出して、あたしがあの部屋に一人でいるように仕向けたのかな。どちらにしても、『だるまさんがころんだ』をやって遊んでいた子供たちを利用して、あたしに、いつもの『お告げ』があったと思わせようとした。もしあたしが辰馬さんを疑っていなかったら、あの一言で、疑うように仕向けようとした。あの『鬼』役の子供に頼んで、あたしに聞こえるように、あんなことを言わせたんじゃない？」

「…………」

「お姉ちゃんの思惑通り、あれを聞いて、あたしは、てっきり『お告げ』があったと思い込んでしまった。そう思い込んでしまったあたしに、お姉ちゃんは、そんな聞き違いをしたあたしの深層心理とやらを説明してみせて、あたしが心の底では辰馬さんとの結婚を望んでいないように思わせた。そうやって、あたしの方から破談にするように仕向けたんだよね。そのあとで、自分があたしの代わりになるために」

「春美さ、あんた、一度診てもらった方がいいよ」

それまで黙って聞いていた夏美が突然言った。さも心配しているという顔つきで。

「診てもらうって何を？」

「精神科とか心療内科とか行ってさ。あんたの妄想とか幻聴って、精神分裂……じゃなくて統合失調症の典型的な症状らしいよ。子供の頃からそうだったから、性格かなって思ってたけど、れっきとした病気かもよ。悪いこと言わないから、一度診てもらいなよ。たとえ、そうでも今は薬で治るらしいから」

「妄想じゃない」

春美はきっぱりと言い切った。

「じゃ、証拠は？　今あんたが話したような馬鹿げたことが妄想じゃないって証拠はどここにあるのよ」

「辰馬さんに訊いたんだよ」

「…………」

「彼、全部話してくれた。あたしと付き合ってるときからお姉ちゃんとも付き合ってたって。一方的に振られたけど、やっぱりお姉ちゃんの方が好きだったから、誘われたら断り切れなかったって。ごめんねって」

「……ったく、黙ってろって言ったのに」

夏美は軽く舌打ちして呟いた。

「嘘だよ」

「え？」

「今のは嘘。辰馬さんからは何も聞いてないよ。ちょっと引っかけてみただけ」

春美は微かに笑いながら言った。

「……話ってそれだけ？」

夏美は気を取り直したような顔になると、冷たい声で訊ねた。

「ほかに用がないなら帰るよ。くだらない妄想に付き合っていられるほど暇じゃないんだから」

夏美は立ち上がりかけた。

「待って」

春美は言った。

「誤解しないで。あたし、お姉ちゃんを責めるために、こんな話したんじゃないから」

「…………」

「経過はどうであれ、結局これでよかったと思ってるんだ。だって、あたし、今とっても楽しいんだもん。アルバイトだけど仕事も決まったし、そのうち、両親を説得して、アパートかマンションでも借りるつもり。これでよかったんだよ。あたしは気ままな一人暮らしがずっとしたかった。お姉ちゃんが言ったように、あたしは本心では結婚なんか望んでいなかったんだ。それがよく分かったから」

「本当にそう思ってる？」

夏美が、どこかうしろめたそうな目付きで訊ねた。

「うん」

春美はにっこり笑った。

「そう」

夏美の強張っていた肩が安心したように和らぐのが分かった。

「気ままな一人暮らしに飽きて、というか不安になって、誰かと結婚したがっていたのはお姉ちゃんの方だったんだよね」

「……じゃ」

夏美は妹の質問を無視して立ち上がった。ハイヒールを履いているので、足元がふらついたらしく、少しよろけた。

「あ、それから」

春美は思わず言った。

「なに？」

「ハイヒールは……」

そう言いかけて、春美は、ちらっと、さきほどの初老の婦人の方を見た。婦人客は、相変わらず、向かい合った連れと楽しげに談笑している。

「お子さんの方は助からなかったんですって」

夏美を待っている間に、ふと漏れ聞いた言葉が頭の中でもう一度響いた。

妊婦にハイヒールは危険だ。踵の低い靴に替えた方がいい。そう忠告するつもりだったが、なぜだか言葉が出て来なかった。

あれはあたしの『空耳』にすぎなかったんだろうか。

それとも、『無意識の願望』……？

「ハイヒールがどうかした？」

夏美が足元に目をやりながら、不審そうに訊ねた。

「ううん、べつに」

春美は微笑みながら言った。

「なんでもない」

シクラメンの家

1

赤いシクラメンの意味に最初に気付いたのは、娘の優佳《ゆか》だった。

「あ、また赤になってる」

後ろの席で優佳が呟いた。

「何が？」

私は車を運転しながら訊ねた。

「あそこの家のシクラメン」

優佳は言った。

「ほら、出窓にシクラメンの鉢が飾ってある家があるでしょ。あのシクラメン、昨日まで白かったんだよ」

不思議そうに言う。

見ると、なるほど、その家の二階の出窓に飾られた鉢植えのシクラメンが、昨日までの純白から、燃えるような緋色《ひいろ》に変わっていた。

まさに篝火《かがりび》を思わせる赤だった。

その家は柴垣《しばがき》で囲まれた趣のある二階家で、二年前に新築した我が家から、最寄りの駅へ行く道の途中に建っていた。

都心の高校と勤め先に通う娘と夫を駅まで送るために、毎朝、私が車を運転して、その家のそばを通るのである。

「変だなぁ」

優佳は、その家を通り過ぎても、振り返って見ていた。

「何が変なの」

ルームミラー越しに娘の様子を見ながら訊くと、

「だって、あそこのシクラメン、時々、白から赤に変わるんだもん」

「べつに変じゃないでしょ。赤い方のシクラメンにも日をあててやってるだけじゃない」

「そうかなぁ」

ミラーに映る娘は腑《ふ》に落ちないという表情をしていた。

「だったら、赤い方もあそこに置けばいいのに。あの出窓のスペースだったら、鉢の二つくらい並べられるでしょ。あの家の人、どうしてそうしないのかな。どうして、いつも白い方しか飾らないのかな」

「そう言われてみればそうね」

私は苦笑しながら、ちらっと助手席の夫の方を見た。夫は、関心がなさそうに携帯をいじっていた。

「あたしね」

優佳が大声を出した。

「あれ、何かの暗号じゃないかと思うんだ」

「あんごう？」

「うん。あの家の人がね、たぶん奥さんだと思うんだけど、外にいる誰かに、シクラメンの色で何かを伝えようとしているんじゃないかって思うんだ」

「何かって何を？」

思わずそう訊ねると、

「うーん。たとえば、赤い方が窓に出ている日は何か特別の日じゃないのかな。そう考えれば、いつも白い方を出しておいて、時々赤い花に変える説明がつくじゃん」

「なかなか面白い推理だとは思うけど。あなたはどう思う？」

私は夫に話を振った。すると、夫は白けたような口調で、「優佳。おまえ、ミステリーの読み過ぎじゃないのか」と言っただけだった。

2

「浮気してるんじゃない？」

優佳が突然、そんなことを言い出したのは、数日後の日曜の朝だった。

平日より遅い朝食の最中に、目玉焼きに伸ばしかけた箸をとめて、ふと思いついたというように娘は言った。

私は口の中のごはんを嚙《か》まずに飲み込みそうになった。みそ汁を啜《すす》っていた夫もむせたように咳《せ》きこんだ。

「な、何を、ば、馬鹿なこと」

拳で胸を叩きながら、ようやくそれだけ言うと、

「あそこの奥さん」

優佳は言った。

「あそこの奥さん？」

「あのシクラメンの家だよ。いつも駅へ行く途中、そばを通るじゃない」

「ああ……」

「あそこの奥さん、浮気してるんじゃないかな」

優佳は目を光らせながらもう一度言った。

「なんだ、あの家のこと」

私は拍子抜けした。食事の最中に、いきなり、「浮気してるんじゃない？」などと言い出したので、私か夫を指して言ったのかと思ったのだ。

「出窓のシクラメンの色が時々変わるのは、浮気相手へのサインじゃないかな。赤いシクラメンを飾ったときは、亭主が家にいないから訪ねてきてとか、そういう合図じゃないかな」

「あ、あんたね、なにを根拠にそんな」

私が言いかけると、

「だって、あそこの奥さん、けっこう美人らしいんだよ。しかも、旦那《だんな》さんとは二十歳くらい歳が離れてるんだって。子供もいなくて、夫婦の二人暮らしっていうから、可能性アリじゃん」

優佳は涼しい顔で続けた。

「ど、どこでそんなことまで」

「気になったんで、あの家のこと、ちょっと調べてみたんだ。そしたらね、あの家、『渡井《わたらい》』って言って、旦那さんの方は時代物かなんかの作家で、ソコソコ有名なんだって。どこかに仕事場としてマンション借りてて、時々そっちの方で寝泊まりしてるらしいよ。だとしたらさ、赤いシクラメンが飾られる日は、旦那がうちにいない日を表してるんじゃないのかな。たとえば、原稿の締め切りが迫って、仕事場にこもりっきりになる日とか。そう考えれば、あのシクラメンの謎《なぞ》が解けるじゃん」

「憶測だけでくだらないことを言うんじゃないっ」

優佳の言葉を遮って、夫が叱《しか》りつけるように言った。一人娘に甘く、温厚な性格の夫にしては、はじめて聞くような荒い声だった。

私は驚いて夫の顔を見た。優佳もポカンとしている。夫のやや禿《は》げあがった額には青筋がたっていた。

頭ごなしに叱られたせいか、それっきり、娘は例の家のことは口にしなくなった。それでも、気にはなるらしく、毎朝、あの家のそばを通るたびに、「今日は白だ」とか「あ。赤になってる」とか呟いていた。

しかし、そのうち興味をなくしたのか、優佳はそんな呟きを漏らさなくなった。

あのシクラメンの家で殺人事件が起きたのは、ちょうどそんな頃だった。

3

「ねえ、ママ。話があるんだけど」

キッチンで夕食の後片付けをしていると、優佳が私の背後に忍び寄ってきて、囁《ささや》くように言った。

「話?」

私は手を拭きながら振り返った。

「うん。大事な話。あとであたしの部屋に来てくれない?」

優佳は珍しく生真面目な表情で言った。

「ここじゃ、話せないこと?」

声を潜めるような話しぶりに不審なものを感じて私は訊ねた。

「ちょっとね……」

優佳はリビングのソファでくつろいでいる夫の方を見ながら言った。

「パパに聞かれたくないんだ」

私は厭な胸騒ぎを感じた。父親のいる前で話せないなんて、ろくな話ではあるまいと思ったからだ。

優佳は、右手の人差し指をたてて、「上で」という目付きをすると、二階にある自分の部屋に引き上げた。片付けを済ませてから、私も、何気ないふりをして二階にあがった。テレビのスポーツ中継に夢中になっていた夫は何も気付かないようだった。

「話って?」

娘の部屋に入ると、すぐに私は言った。優佳はベッドの上にあぐらをかいて胸にクッションをぎゅっと抱き締めていた。こういう仕草をするのは、不安な感情に襲われているときの娘の癖だった。

「あの事件のことだけどさ」

「事件？」

「ほら、あの家で起きた……」

「ああ」

優佳の言う「事件」とは、数日前に起こった、あの「シクラメンの家」での殺人事件のことだろう。

殺されたのは、渡井由子《よしこ》という三十歳になる、あの家の主婦だった。

各メディアの報道や近所の噂話を総合すると、死因は扼殺《やくさつ》、つまり、何者かに手で首を絞められたあげくの窒息死で、家の中は、犯人が家捜しでもしたように荒らされており、第一発見者である夫の潤之介《じゅんのすけ》の話では、宝石類と数百万ほどの現金が盗まれていたという。

夫の潤之介は、その日は朝方から仕事場のマンションにこもっており、その夜十時頃に帰宅して、妻の遺体を発見したらしい。

被害者が殺害されたのは、午後二時頃から三時くらいの間で、発見されたときの服装が外出用のスーツ姿で傍らにバッグが転がっていたことや、勝手口の錠が外から壊されていたという状況から見て、居直り強盗の仕業であるかのように見えたのだが……。

「あれ、ほんとに強盗の仕業だと思う？」

優佳は上目遣いで私を見た。

「さあ……」

私は首をかしげた。

「強盗の仕業だとしたら変じゃない？」

「どこが？」

「だって、あそこの奥さん、首を絞められたっていうんでしょ。居直り強盗がイキナリそんなことするかな」

「しないとも限らないでしょ。留守だと思って勝手口の錠を壊して忍び込んだら、帰ってきた奥さんと鉢合わせになって、騒がれそうになってつい……」

「でもさ、それだったら、殴って気絶させるとか、口を何かで塞《ふさ》いで縛り上げるとかすればいいじゃん。何も殺さなくても」

優佳が反駁した。そう言われてみればそうだ。あの事件に関しては、強盗の仕業という見方に、私自身もなんとなく腑に落ちないものを感じてはいたのだ。

「それをシッカリ殺したってことは、犯人があの奥さんと知り合いだったからじゃないかな」

「………」

「犯人は顔を見られたんだよ。で、奥さんを殺さざるをえなくなった。てかさ」

優佳は宙を睨んだまま言った。

「犯人は強盗なんかするつもりはなかったんじゃないかな。勝手口の錠を壊したり、家の中を荒らしたのは、強盗の仕業に見せ掛けるためだったんじゃないかな。本当の目的は、最初から奥さんを殺すことだったんじゃないかな」

「でも、ご主人の話では、宝石や現金が盗まれたって……」

「そこもおかしいんだよね」

「おかしいって？」

私はなんとなくぞっとして、娘の顔を見つめた。この娘《こ》は何を言いたいのだろう。

「犯人は部屋にあった宝石は盗んでいったのに、奥さんが身につけていた宝石には一切手を出してないんだよね」

「…………」

「聞いた話だと、あの奥さん、かなりのブランド志向で、高価な指輪とかアクセサリーを幾つも着けてたらしいよ。それも外出用のイミテーションじゃなくて一個何百万もするホンモノだって。でも、それは盗られてなかったんだって。それにさ、バッグの財布の中身も抜き取られてなかったらしいよ。おかしいじゃん。盗みに入って、目の前にお宝が転がっているのに持って行かないなんて」

「……それは、殺人までする気のなかった犯人が慌てて逃げ出したからじゃない？」

「ねえ、ママ」

優佳は私の顔を見ないで言った。

「事件が起きた日の朝、あの家の出窓に飾られていたシクラメンが何色だったか、おぼえている？」

私は首を横に振った。

すると、優佳はポツリと呟いた。

「赤だったんだよ」

4

「あたしね、やっぱ、渡井夫人はあのシクラメンを使って、誰かと連絡を取っていたような気がしてならないんだ」

優佳は確信ありげに言った。

あの家のシクラメンには関心がなくなったとばかり思っていたが、口に出さなくなっただけで、毎朝、車の中から、出窓のシクラメンの色の変化をずっと観察し続けていたようだ。

「渡井夫人が浮気してたっていうの？」

私は訊き返した。

「それしか考えられない。だって、その証拠に、あの日、旦那さんの方は仕事場にいたっていうじゃん。やっぱ、赤いシクラメンの鉢は、旦那さんが家にいないって合図だったんじゃないかな」

「てことは、まさか……」

「あの日、旦那さんの留守に、渡井夫人の浮気相手があの家に来てたんだよ。それで、きっと二人の間で何かあって」

「その浮気相手が犯人だって言いたいの？」

「そうは考えられない？」

「…………」

私はどう答えていいか分からなかった。

「ねえ、あのシクラメンのことさ、警察に話した方がいいかな」

優佳は窺《うかが》うように私の顔を見た。私は考え込んでしまった。

「警察がどう判断するか分からないけど、一応、話しておいた方がいいかもね……」

考えた末にそう言ってみた。

「うーん。だけどさぁ、黙ってる方がいいかなぁとも思って、それで、今、すごく悩んでるんだ」

優佳はクッションをさらに強く抱き締めながら言った。

「どうして？」

「だってさ……もし」

優佳は口ごもった。

「もし、なに？」

「そんなことをして、うちがめちゃくちゃになったら困るなぁって思って」

私はドキリとした。

「うちがめちゃくちゃって、どういう意味よ？」

「……………」

優佳は俯いて黙っている。

「ねえ、どういう意味なの」

「もし、もしもよ。渡井夫人の浮気相手がさ」

そこまで言って、優佳はまた黙ってしまった。よほど言いづらいことを胸に抱え込んでいるようだ。

「もしも、なに？」

私は先を促した。

「もしも」

優佳はついに意を決したように言った。

「渡井夫人の浮気相手がうちのパパだとしたら」

5

「うちのパパ？」

私はびっくり仰天して大声をあげた。

「そんな大声出さないでよ。パパに聞こえるじゃん」

優佳は唇に人差し指をあてた。二階で話している声が一階でテレビを観ている夫に聞こえるはずはなかったが、私は思わず口を押さえた。それにしても、なんということを思い付いたのだろう。

びっくり仰天したあとで、あまりに馬鹿げた娘の想像に笑い出したくなった。

夫が浮気？　あの朴念仁《ぼくねんじん》が？

「何言ってるのよ。パパに限ってないよ、浮気なんて」

「そりゃさ、あたしも、あんな腹のだぶついた薄ハゲおやじを金以外の目的で相手にする女がいるとは思えないけどさ」

「…………」

「でもさ、パパはあの奥さんと知り合いのはずだよ。それなのに、一言も言わないじゃん。あたしたちに隠してるんだよ。変だと思わない？」

「パパが渡井夫人と知り合いだったっていうの？」

これは初耳だった。渡井家とはそれほど近くはなかったから、いわゆるご近所付き合いは全くなかった。事件が起きた後、警察による近隣の聞き込みとやらも、いまだにわが家までは来ていない。

「知ってるはずだよ。なのにさ、あたしがシクラメンの話をしたときも、ぜんぜん興味がないような顔してたし、それどころか、なんとなくあの家の話題を避けたがっているように見えたよ」

「でも、どうして」

私はようやく言った。喉《のど》がひりついて声がなかなか出なかった。

「あんたが知ってるのよ？　パパが渡井夫人と知り合いだったなんて」

「前にね、電話がかかってきたんだ。あの奥さんと思われる女性から」

「うちに？」

私はあぜんとしたまま言った。

優佳は頷いた。

「いつ？」

「去年の春頃だったかな。トムがいなくなったことがあったじゃん」

トムというのは、うちで飼っている牡《おす》の三毛猫である。言われてみれば、たしかに、昨年の春頃、さかりのついたトムが、外にふらりと出かけたまま二週間ほど家に帰らなかったことがあった。

事故にでも遭ったんじゃないかと心配していた矢先、トムが怪我をして保護されているのが分かった。どこかで牝猫《めすねこ》でも争って他の牡とやり合ったのか、片耳がちぎれかけたようなひどい傷を負って、ある家の縁の下にうずくまっていたらしい。

その家の人の話では、ひどく汚れていたので野良猫かと思っていたらしいのだが、傷の手当をしてやろうとしたときに、首輪をしているのに気付き、首輪に電話番号が書いてあったので、飼い主の連絡先だろうと思い、電話をしてきたのだという。日曜だったので、うちにいた夫がトムを引き取りに行ったらしい。

らしいというのは、その前日、私は弟の結婚式に出席するために、福島の実家に帰っていて、うちにはいなかったからである。すべては帰ってから聞いた話だった。

「それじゃ、あのときトムを保護してくれた家が、渡井という家だったというの？」

「あたしも忘れてたんだけどね、つい最近、思い出したんだ。あのとき、電話を取ったのはあたしだったんだよ。電話の女性は、『わたらい』って言ったのおぼえてる。ちょっと聞き取りにくい名字だったんで訊き返したから。でさ、あたしが風邪《かぜ》ぎみだったんで、パパがトムを引き取りに行ったんだよ」

「……………」

「だから、パパはあの家の奥さんと顔見知りだったはずだよ。なのに、そんなこと、何にも言わなかったじゃん」

「でも、トムを保護してくれた『わたらい』さんが、必ずしも、あのシクラメンの家とは限らないし」

私は娘の疑惑を打ち消すように言ってみたが、

「あの渡井だよ」

優佳はきっぱりと言い切った。

「だって、『わたらい』なんて姓はありふれたものじゃないし、あたし、気になったから、電話帳で調べてみたんだ。そうしたら、市内では『わたらい』ってうちは一軒しかなかった」

「たとえそうだとしても、きっと、パパ忘れていたのよ。顔見知りったって、その程度の知り合いじゃ、忘れていたとしてもおかしくないし」

「そうかな……」

優佳は疑わしそうに呟いた。

「不細工だったらともかく、あの奥さん、かなり美人だったようだから、忘れるはずないと思うけどな」

「優佳の考え過ぎよ。たとえパパの方が興味を持ったとしても、相手が興味を持ってくれると思う？　トムを渡してハイサヨウナラってもんじゃない？　猫と共にパパのことなんて奇麗に忘れ去るわよ」

「それもそうだけど、相手の奥さんが物凄くヒマで、何かの弾みでパパに興味を持っちゃったとか、ありえないかな？」

「ありえない」

「でも、パパってさ、ダンディでもハンサムでもないけど、身内には理解しがたい変な魅力があるみたいよ。美紀《みき》なんかさ、優佳のパパだったら、ただで付き合ってもいいって言ってたもん」

「だれ、美紀って？」

「部活の友達。前にうちに連れてきたじゃん」

「そんな子、二度と連れてこないで」

「もう絶交したよ。だけど、世の中には、そういう信じられない趣味を持った人っているんだよね。デブ専とかチビ専とかハゲ専とか。もしかしたら、渡井夫人も」

「とにかく、パパにはできません。浮気はともかく人殺しなんて絶対に」

私は娘にというより、自分に言い聞かせるように言った。それでも、口とは裏腹に心はざわついていた。

夫と渡井夫人が知り合いだった？

夫は某銀行の支店勤務だったが、午後は営業で外回りが多いと聞いたことがある。その気になれば、渡井夫人と示し合わせてどこかで密会することも、渡井家をこっそり訪れるのも可能かもしれない。

でも、あの生真面目で小心な人が……。

「ねえ、優佳」

私は慎重に言った。

「さっきの話だけど、警察には何も言わない方がいいかもしれないね」

「………」

「け、警察に訊かれたのならともかく……。あの家とご近所付き合いがあったってわけでもないんだから」

私はしどろもどろに言った。優佳はそんな私の顔を探るような目で見ていたが、ふっきれたような笑顔になると言った。

「分かった。このことは忘れる。パパにも言わない」

娘の返事にほっとしたものの、まさか、夫がと思うと、その夜は眠れなかった。

6

しかし、夫への疑惑は結局、一晩だけのものだった。翌日になって、渡井由子を殺害した犯人が警察に逮捕されたのである。

むろん夫ではなかった。かといって、行きずりの強盗でもなかった。なんと、被害者の夫である、渡井潤之介その人だった。

その後の報道によると、渡井由子は自宅ではなく、渡井の仕事場であるマンションで殺されたことが分かった。

遺体の解剖結果やその後の聞き込み捜査等から、警察では、殺害現場が自宅ではなく、どこか別の所で殺されてから自宅に運ばれたのではないかという見方を強め、犯行時、仕事場にいたというアリバイを主張していた夫の潤之介に疑惑の目を向けたというわけだった。

そして、任意出頭という形で渡井を警察に呼んで調べたところ、あっさりと犯行を認めたらしかった。

渡井潤之介の自供によると、真相はこんなものだったらしい。

以前から、若い妻の浮気性には悩まされていた。犯行当日も、連載の締め切りが迫ってきたので、仕事場にこもっていたところ、連絡もなく妻が突然やって来た。執筆の邪魔をされていらいらしていたところへ、妻から好きな男性ができたので離婚して欲しいと切り出され、口論になった。そのあげく、つい我を忘れて犯行に及んでしまった。殺すつもりはなかったが、気が付いたときには、妻は絶命していた。

最初は自首しようと思ったが、色々考えて、ためらってしまった。そこで、妻が自宅で殺されたように見せかけようと思いついた。夜になるのを待って、車のトランクに妻の死体を入れ、自宅まで運んだ。居直り強盗の仕業に見せかけるために、勝手口の錠を壊し、家の中を荒らした後で、第一発見者を装って警察に連絡したという話だった。

7

「俺があそこの奥さんと浮気してると思ってたのか、おまえたちは」

夫は呆れたような顔で言った。

渡井潤之介が妻殺しの罪で逮捕されてから二週間以上過ぎた頃だった。いつものように、夫と娘を駅まで送る車の中で、優佳が今まで隠していたことを、すべて夫にぶちまけてしまったのである。

「そう思っていたのは優佳だけよ。私はべつに」

慌てて言ったが、ミラーで見ると、優佳が口元に薄笑いを浮かべて、からかうような目付きをしながら、

「ウソ。ママだって、もしやと思ってたくせに。あたしがパパとあそこの奥さんが知り合いだったって話したとき、真っ青な顔になったよ」

「それは……」

「まったく、何を考えているのだ、おまえたちは。俺がそんなことするわけないだろう」

夫は笑う気にもなれないという顔をしていた。

「あと三十年もある家のローンを抱えて、のんきに浮気なんかしている暇があると思ってるのか」

「あなただって悪いのよ」

私はばつの悪い思いを隠すために反撃に出た。

「トムを引き取りに渡井さんの家に行ったこと、隠してたじゃない」

「隠してなんかいない。忘れてたんだよ。あそこの奥さんとだって、知り合いっていうほどじゃない。あのときだって、玄関先でトムを受け取って、すぐに帰ってきたんだ。

世間話ひとつしなかったんだぞ」

私はちらっと夫を見た。本当かしら。そう思ったのだ。渡井由子を殺したのは夫ではなかった。だからといって、夫と渡井由子との間に何もなかったとは言い切れない。彼女が誰かと浮気していて、その相手と結婚まで考えていたというのが本当だとしたら……。

もっとも、このことについてはもう詮索《せんさく》をするのはよそうと思った。たとえ、彼女の相手が夫だったとしても、彼女は亡くなってしまったのだし、夫も懲りただろう。それに、やはり、朴念仁の夫には浮気などできそうもないように思えた。もし、していたら、とっくに私が気が付いていたはずだ。そう。何もなかったのだ。私が疑ったようなことは何も……。

「あ、シクラメンが枯れてる」

優佳がふいにそう呟いた。私は娘の声につられたように、窓の外を見た。

あの家のそばまで来ていた。二階の出窓には赤いシクラメンの鉢が出しっぱなしになっていた。世話をする手がなくなった赤い花は萎《しお》れ、青々としていたハート形の葉は黄色く枯れていた。燃える篝火のような姿を見せていた花は、今は見るも無残なゴミの塊になっていた。

「あの花のこともあたしの思い過ごしだったんだね」

優佳がやや残念そうに言った。

「時々赤い花に変わるのは、浮気相手への合図かと思ったんだけど……」

優佳の推理では、赤いシクラメンは、「夫は留守だ。だから訪ねてきて」という、渡井由子の恋人へのメッセージだったはずだ。しかし、実際には、赤いシクラメンを窓辺に置いておきながら、あの日、彼女は外出していた。夫の仕事場に出向いて、そこで殺されたのだから。

「そうね。時々赤い花に替えたのは、ただの気まぐれだったんでしょう。何の意味もなかったのよ」

私が言うと、優佳は、「なあんだ」とぼやいて、つまらなさそうに鼻を鳴らした。

「ミステリーの読み過ぎなんだよ、おまえは」

夫が笑いながら、いつかと同じことを言った。私は笑った。優佳も笑った。

私たちは平凡でありふれた家族に戻っていた。

8

夫と娘を駅前で降ろすと、私は再び来た道を引き返した。また、あの家のそばまで来ると、少しスピードを落とした。二階の出窓の花をもう一度見た。

あの花を見て、「あ、また赤になっている」と優佳がはじめて声をあげたときのことを思い出していた。あのときの、心臓が止まるほど驚いたことを。

優佳がまさかあの花の意味に気が付くとは夢にも思わなかった。白いシクラメンが時々赤いシクラメンに変わることのひそやかな意味に気付くとは……。

あれは暗号だった。あの花を飾った人間が恋人にひそかに送るメッセージだったのだ。優佳の推理は間違ってはいなかった。ただ、娘は一つだけ大きな勘違いをしていた。

窓辺に花を飾るという行為から女性を連想したのは無理もなかった。だが、その常識的な判断が、娘の推理を根本のところで歪《ゆが》めてしまったのだ。あの花を飾っていたのは、あの家の主婦だと思い込んでしまったのが、そもそもの間違いだった。

あれはあの家の主人である渡井潤之介が飾っていたのだ。毎朝、あの家のそばを通る恋人に見せるために。

赤いシクラメンの意味は、「今日は仕事場の方にいる。だから訪ねてきて欲しい」という意味だった。私は毎朝、車の中からそれを確認すると、夫と娘を駅で降ろしたあと、渡井が待っているマンションを訪ねていたのだ。

あの花を使って、ひそかな逢瀬《おうせ》を重ねていたのは、私と渡井潤之介だった。

私と渡井の出会いは、今から半年くらい前のことになる。知り合うきっかけは、飼い猫のトムだった。奇《く》しくも、夫と渡井夫人が知り合うきっかけになった出来事が、私と渡井との間でも起こっていたのである。

あれは、昨年の夏だった。ある平日の午後、掃除と洗濯を終えて、リビングでくつろいでいた私のもとに一本の電話が入った。見知らぬ中年男性の声は「渡井」と名乗り、「おたくの猫がうちに迷い込んでいる」と告げた。私はそれを聞いて、すぐにトムを引き取りに行った。夫人は出掛けていて、渡井潤之介は一人だった。彼が時代物の作家だと知り、私は興味を持った。時代小説は好きでよく読んでいたからだ。そんなことがきっかけで、その後も何度か会い、気が付いたら、私たちは深い関係になっていた。

だが、思い起こせば、私たちの出会いはただの偶然というわけではなかったのかもしれない。トムが春先にもあの家に迷い込んでいたとすれば、その記憶が、猫の足をあの家に向けさせたに違いないからだ。最近はこのあたりでも少なくなった古い木造家屋の縁の下が猫には居心地が良かったのかもしれない。

夫と渡井由子がトムを介して知り合いだったらしいと優佳に聞かされたときは、心底驚いた。そんなことは渡井からも夫からも聞かされていなかったからだ。私はもしやと思った。夫を疑った。疑ったのは、自分が同じことをしていたからだ。優佳は、私があのとき青くなったと言っていたが、青ざめたのには、娘が考えたのとは全く別の理由があった。

私はそれまで、渡井との出会いを運命的なものだと思い、だからこそ、その出会いを幾分ロマンティックに感じていたのだが、もしかしたら、夫人が私の夫と浮気しているのを知った渡井が、「目には目を」のつもりで、故意に私に近付いたのではないかと勘ぐるようになった。

それについては、真偽のほどは分からない。おそらく永遠に分からないだろう。それを問いただす前に、渡井は妻殺しの罪で逮捕されてしまったのだから。

あの日、渡井由子が殺された日、あの家のそばを通って、窓辺のシクラメンが赤になっているのに気付いていた。でも、迷った末に、渡井のマンションには行かなかった。優佳があの花の意味に気付いたことで、これ以上、こんな関係を続けるのは危険だと感じたからだ。

それに、もし、渡井が夫人の浮気の腹いせに私に近付いたのだとしたらと思うと、それまで私の中で燃えていた恋のような感情が急速に冷めてしまった。もともと、臆病な私は、家庭を壊してまで恋愛に走ろうとは思っていなかった。

それは渡井にしても同じだったろう。迫り来る老いの足音を聞いてしまった中年の男と女が、枯れきる前に、最後の花を一度だけ咲かせる。ただ、それだけのつもりだったはずだ。

だから、私は渡井のマンションには行かなかった。このへんが潮時だと判断したからだ。本能的に、行かない方がいいという勘が働いたせいもある。

そして勘は的中した。あの日、渡井由子は渡井の仕事場に何の前触れもなく現れた。前から、「妻が何か感づいたらしい」と渡井も言っていた。由子が仕事場に現れたのは、夫の浮気の現場をつかむためだったのかもしれない。もし、あの場に私が居合わせていたら、とんでもないことになっていただろう。

渡井由子殺しの犯人が逮捕されたと聞いたときは、夫への疑惑が晴れたのを喜んだが、その犯人が、よりによって、渡井潤之介だと知ったあとは、別の不安にさいなまれるようになった。渡井がなぜ妻を殺したのかは分からない。自供通りの口論の末の衝動的な犯行だったのかもしれない。

ただ、その口論の原因の一端が、私とのことにあったとしたら、警察の取り調べに、私との関係を喋ってしまうのではないか。そう思うと気が気ではなかった。

この二週間というもの、いつ刑事が訪ねてくるか、いつ警察から呼び出しがかかるか、私は戦々恐々としていたのだ。

でも、渡井は私のことは何も言わなかったようだ。それが人妻である私への気遣いなのか、刑を少しでも軽くしようとする彼の自己保身なのか、私には判断がつかない。

渡井の妻殺しの動機が、彼の自供通りのものだとしたら、被害者側にも道義的な問題があったとみなされて、有罪は免れないとしても、減刑の助けにはなるだろう。しかし、渡井本人も浮気していたとなると、話は違ってくる。それを確かめるために仕事場に乗り込んできた妻を発作的に殺害してしまったとなると、情状酌量の余地は全くなくなってしまうのだ。

彼がそれを考えないはずがない。だから、彼の口から私のことが漏れる心配はないはずだった。

だが、私にはいまだに気にかかっていることがある。

いつだったか、渡井が物思いにふけるような顔つきで煙草をふかしながら、娘の歳を訊ねた後で、「成人まで四年か。それまで離婚は無理だよなぁ」と独り言のように漏らしたことがあった。あえて聞き流したが、あの呟きがずっと心のどこかに引っ掛かっていた。

あれは、もしかしたら……。

私はある空想に浸りそうになった。

渡井が本気で私を愛してしまったとしたら。たとえ一瞬でも、妻をうとましいと思い、殺意を抱いたのだとしたら。そして、私を守るために、私とのことはけっして口には出すまいと決めたのだとしたら……。

さすがにこんなことを本気で信じたわけではなかった。そうするには、私は歳をとり過ぎていた。世俗にまみれすぎていた。渡井が十七かそこらの少年ではないように、私も十六の小娘ではなかった。自己犠牲の上に成り立つ純粋な恋愛というものを信じる年齢はとうに過ぎていた。

それでも、それは、なんとも心地よい空想だった。私は夫と娘にすべてを話して離婚してもらい、小さなアパートでも借りて、渡井が刑を終えて出てくるのを一人で待つ自分の姿を想像してみた。その空想は、子供の頃、こっそり買い求めた駄菓子屋の綿飴のような安っぽく甘い味がした。

もちろん、私は自分がそんなことをしないのを知っていた。何食わぬ顔で、夫と娘のいる平穏な家庭、平凡な日常に戻っていくことを知っていた。

老いの忍び寄る気配に脅えていた私の胸に、いっとき華やかに燃え上がった篝火は消えてしまった。二度と私の胸にあのような篝火が燃え上がることはないだろう。

窓辺の枯れた緋色のシクラメンが、そんな私自身の姿のようにも思えて、私は目をそらした。

鬼

……きゅうじゅうご、きゅうじゅうろく、きゅうじゅうしち、きゅうじゅうはち、きゅうじゅうきゅう、ひゃーく！

ひゃくをかぞえおわって、めをあけてみた。

まわりをきょろきょろみまわしても、もう、だれもいなかった。

せみがないてるだけ。

みんな、どこかへかくれちゃった。

あたしは、じんじゃの大きな木からはなれると、みんなをさがしにでかけた。

かくれんぼするときは、いつもあたしがおになんだ。じゃんけんすると、まけちゃうんだもん。ぱあとぐうしかださないから。だって、ちょきってだしにくい。

でも、おにはきらいじゃないよ。すぐにおともだちをみつけられるもん。あたし、おにはとくいなの。

ぜったい、みんな、みつけてみせるからね。

さいしょにみつけるのは、きっと、よしあきくんだな。

だってさ、よしあきくん、かくれるのすごくへたくそなんだもん。

いっつも、まっさきにみつけちゃうんだよ。

じんじゃのかいだんをおりて、あたしは、はいおくってよばれているいえのほうへいってみようかなっておもった。

はいおくって、むかしは人がすんでいたけれど、今はだれもいなくなって、こわれたいえのことをいうんだって。がっこうのむらかみせんせいがいってた。

きっと、あそこに、だれかかくれているよ……。

＊

その電話がかかってきたのは、夕飯のしたくをしていたときだった。私は、煮物の鍋《なべ》をかけたガスコンロの火を弱くしてから、エプロンの裾で手を拭きながら受話器を取った。

「もしもし、沢井《さわい》でございますが」

「……元気？」

受話器の向こうから聞こえてきたのは、聞き覚えのある声だった。その声は明るく弾んでいた。

「智《とも》ちゃん？」

私の声もつい弾んでしまった。

幼なじみの山藤智子《やまふじともこ》だった。

旅先の温泉旅館からかけているのだという。「旅先って、どこ？」と訊いても、「うん、ちょっと、北の方」と言うだけで、どこからかけているのか教えてはくれなかったが、夫婦で二日前から泊まっているのだと言った。

今、夫は露天風呂に行っていて、部屋に一人でいたら、急に私の声が聞きたくなったのだという。

智子とは幼稚園から中学まで一緒だった。高校は違っていたが、家が近くだったので、よく行き来していた。高校を卒業したあと、智子は東京の専門学校に進み、私は地元の短大に進学した。

卒業後、智子は一回りも歳の離れた男性と向こうで結婚し、一人娘だった私は見合いで知り合った相手を婿養子に迎えた。

お互い家庭を持ってからは会うことも少なくなっていたが、時々、思い出したように、電話くらいはかけあっていた。

智子の声が元気そうなので、私はほっとしていた。数カ月前に電話を受けたときは、夫が経営する不動産会社がこのところうまくいかず、借金に奔走する毎日で、この先どうなるのか不安だと沈んだ声で言っていたからだ。

「……ご主人の会社の方、どうなの？」

休日でもないのに、夫婦揃って温泉旅行などする余裕があるところをみると、会社の方も持ち直したのかなと思って、ずっと気になっていたことを訊いてみた。

「まあ、なんとか……」

智子はやや曖昧な口調で答えた。

「そう。よかったね。でも、羨ましい。温泉旅行なんて」

私はつい本音を言った。老いた父母に、サラリーマンの夫、まだ手のかかる二人の子供を持つ主婦の身にとっては、平日に家族で温泉旅行など望みようもなかったからだ。

このときばかりは、夫と二人暮らしの智子が羨ましいと思った。

「今までずいぶん苦労したから、ちょっとした骨休めよ……」

智子は笑いながら言った。

そのあと、しばらく沈黙があった。つけっ放しにしたテレビの音らしきものが受話器越しに聞こえてきた。

何か話題を探して話しかけようとしたとき、智子がふいに言った。

「ねえ、みっちゃん、おぼえてる?」

「え?」

「みっちゃんよ。ほら、小学校のときの」

「ああ……」

私は口の中で呟くように言った。みっちゃんのことは忘れていたわけではなかった。

二十年以上も昔なのに、あの子のことは昨日のできごとのようにおぼえている。

それというのも……。

「さっきね、みっちゃんに会ったのよ」

智子が内緒話でも囁くように言った。

「え……」

みっちゃんに会った?

そんな馬鹿な。

だって、みっちゃんは……。

「宿で知り合った人とピンポンをして戻ってきたら……部屋の前の廊下のところでね、赤いスカートをはいた七歳くらいの女の子が一人で遊んでいたの。顔見てびっくり。みっちゃんだったのよ。わたしの方を指さして、『ともちゃん、みーつけた』なんて言うのよ。嬉しそうに笑いながら……」

「冗談はやめて」

私は少しきつい声を出した。

「みっちゃんのわけないじゃない。だって、あの子は」

そう言いかけると、智子のからからと笑う声がした。

「もちろん、あの子じゃないよ。だけど、冗談言ったわけじゃないのよ。あの子にそっくりな女の子に会ったのよ。きっと宿の子か、宿泊客の子供だったのね。でも、凄い偶然だと思わない？　みっちゃんもかくれんぼが好きだったよね。かくれんぼしようって言い出すの、いつも決まって、あの子だったじゃない」

智子はなつかしそうな声で言った。

おそらく、旅先から突然、私に電話をかけてきたのも、みっちゃんによく似た女の子に出会ったせいだったのだろう。

堰《せき》を切ったように、小学校時代の思い出話をはじめた。仲の良かった同級生のこと、人気のあった先生のこと、学校で飼っていた兎《うさぎ》のこと、遠足のこと、学芸会のこと……。

智子は一人で喋りまくった。

私は、智子の思い出話に適当に相槌《あいづち》をうちながら付き合っているうちに、少しうんざりしてきた。火にかけたままの鍋を見たり、棚の置き時計の方を見たりした。

智子の話はえんえんと続いて途切れることがなかった。

「智ちゃん」

とうとうしびれを切らして、私は智子の話を遮った。

「あの、悪いけれど、そろそろ」

そう言うと、智子は一瞬沈黙した。

「あ、ごめん。忙しかった？」

「今、夕飯のしたくしていたから」

「ああ、そうか。そうよね。もうこんな時間だもの。久しぶりにのんびりしたもんだから、つい、時間のこと忘れちゃった。ごめんね。忙しいのに、つまらない昔話になんか付き合わせて」

智子の済まなさそうな声がした。

「そんなことないけど。宿の電話からじゃ、電話代だって馬鹿にならないでしょ」

「そうね」

智子は低く笑った。

「お盆には帰ってくるんでしょ？　そのとき、会ってゆっくり話そうよ」

智子は黙っていた。

「智ちゃん？」

「え？　あ、うん、そうだね」

「じゃ、もう切るね」

私がそう言うと、

「和《かず》ちゃん」

智子は妙に緊迫した声で私の名前を呼んだ。

「なに？」

まだ何か言い忘れたことでもあるのかと思って、そう訊くと、智子は、「ううん、いいんだ」と明るく打ち消し、最後に、「さようなら」と呟くように言って電話を切った。

さようなら？

私は切れてしまった受話器を耳からはずしながら、違和感のようなものを感じていた。

今まで、何度となく智子と電話で話したことがあるが、彼女が電話を切る直前、「さようなら」と言ったことは一度もなかった。いつも、「じゃあね」とか「またね」と言うのが癖だった。

それが、「さようなら」だなんて、まるで……。

なんとなく厭な胸騒ぎがした。

智子はなんでまたわざわざ、高い電話代をかけてまで、旅先の旅館から私に電話なんかかけてきたのだろう。

宿でみっちゃんによく似た子に会ったのがきっかけだと思っていたが、他にも何か理由があったのかもしれない。

そんな考えが頭をよぎった。

私に何か話したいことがあったのではないだろうか。小学校時代の思い出話などではなく、もっと切実で重要な話が。

そのとき、ふいに私はあることを思い出した。

智子の昔話に付き合っているうちに、私の頭にも昔の記憶が自然に蘇《よみがえ》っていた。
あれは高校のとき……。
幼なじみでもあり、同級生でもあった一人の少年のこと。
少年の名前は、蒔田《まきた》良昭《よしあき》といった……。

＊

めをさましたら、まっくらだった。
くらくてさむい。
ここはどこ？
おかあちゃん、さむいよう。
こわいよう。
あたし、どうしてこんなとこにいるんだろ。
あさ、おきて、ラジオたいそうにいって……。
あ、そうだ。
なかよしのおともだちとかくれんぼをしていたんだ。
よしあきくん。

まさるくん。

ともちゃん。

かずちゃん。

あたしがおにで、じんじゃの木のそばでひゃくかぞえおわって、みんなをさがしにいこうとしてたんだよね。

えーっと、それで……。

すこしおもいだしてきた。

みんなをさがさなくちゃ。

みんな、きっとまってるよ。

はやく、さがしにいかなくちゃ。

そうおもうと、からだがふわっとういた。

きゅうにまぶしくなった。

あたしは、じんじゃのかいだんの上にたっていた。

あれ。なんかへんだよ。

せみのこえがきこえないよ。

さっきまであんなにないていたのに。

それに、さむい。

あたしはじんじゃのいしだんをおりた。

いしだんをおりたところで、むこうから、こうこうせいくらいのおにいさんがじてんしゃをひいてくるのがみえた。

あれえ。

あれって、よしあきくん?

よしあきくん、きゅうに大きくなっちゃって、それにまふらーしててぶくろまでしてる。

へんなの。

なつなのに。

よしあきくん、どっかでころんだのかな。ふくがどろだらけだよ。

なんでかくれていないのかな。

かばんなんかもって、がっこうへいくみたい。

へんなの。まだなつやすみなのに。

まあ、いいや。

あたしは、よしあきくんのまえまではしっていくと、ゆびさしていった。

よしあきくん、みーつけた。

*

あれは、高校二年の冬の朝だった。

私は校門のところで、蒔田良昭に会った。良昭は自転車を引きながら歩いていた。制服が泥だらけだった。

「蒔田君、おはよう」

私は声をかけた。良昭とはクラスが違っていたので、顔を合わせることもさほどなかったのだが、幼稚園からずっと一緒で、家も近かったので、会えば今でも挨拶くらいはしていた。

「どうしたの、泥だらけじゃない」

そう訊くと、良昭は顔をしかめて、来る途中で車と接触して転んでしまったのだと言った。

見ると、自転車の後ろのタイヤがパンクしていて、チェーンもはずれていた。

「大丈夫?」

「たいしたことないよ」

良昭は肩をすくめてみせた。制服に泥はついていたが、大きな怪我はしていないようだった。

校舎裏にある駐輪場へ自転車を置きに行く良昭と、校舎の入り口前で別れようとしたとき、突然、良昭が振り向いて言った。

「さっき、みっちゃんにそっくりな女の子に会ったよ。神社のそばで」

「みっちゃん？」

「ほら、小学校のときの……。それが変なんだよ」

良昭は振り向いたまま言った。泣き笑いのような奇妙な表情が彼の顔に浮かんでいた。

「変って、何が？」

「その子、俺の前まで走ってきて、いきなり、『よしあきくん、みーつけた』なんて言うんだ。まるでかくれんぼでもしていたみたいに」

「………」

「それに、その子の服装、あの日のみっちゃんと同じだったんだよ。十二月だというのに、白の半袖のブラウスに赤いスカートはいてて。あれ、まさか、みっちゃんの幽霊じゃないだろうな……」

「朝っぱらから変なこと言わないでよ。転んだとき、頭でも打ったんじゃないの。保健室に行った方がいいよ」

私は笑いながら言った。

「そういや、ちょっと頭打ったな……」

良昭も笑いながら言うと、「じゃあ」というように、片手をあげて、自転車を引きながら歩いて行った。

それが、私が良昭を見た最後だった。

蒔田良昭が倒れたのは、翌日の部活の最中だった。バスケット部に入っていた彼は、体育館で練習試合をしていたとき、シュートを決めたあと、突然、頭を両手で押さえるようにして昏倒《こんとう》したのだという。

すぐに救急車で病院に運ばれたが、既に手遅れだった。

死因は脳内出血だった。

前の日、登校時に車と接触して自転車ごと転倒したとき、路面に後頭部を打ちつけていたことが後になって判った。

彼はあのとき脳の深い部分に損傷を負っていたのだ。しかし、それは外見からは全く分からず、自覚症状もすぐには出なかったので、本人も相手の車の運転手も、また、良昭から話を聞いていた両親もたいした事故ではなかったと思い込んでしまったのだ。

そんな話を葬儀のときに彼の両親から涙ながらに聞かされて、私は愕然《がくぜん》とした。

あの朝、私がほんの冗談で口にしたことが、本当に起きてしまったとは……。

もし、あのとき、彼に病院で診てもらえともっと本気ですすめていたら。そう思うと、悔やんでも悔やみきれなかった。

事故のあった朝、神社のそばでみっちゃんに似た女の子を見たという妙な話も、このとき既に傷ついていた彼の脳が生み出した一時の幻だったのかもしれないと、私はそのときは思った。

脳に異変が起こると、それがどんなにささいな異変でも、奇妙な幻などを見ることがあると何かの本で読んだ記憶があった。

彼が見たのは、みっちゃんに似た女の子でもなく、みっちゃんの幽霊でもなく、たぶん、彼の脳の中に記憶されていたみっちゃんの姿だったのかもしれない。

白い半袖のブラウスに二本の吊りのついた赤い襞《ひだ》スカート。スカートは洋裁が得意だった、みっちゃんのお母さんのお手製。

あの日。

八月も終わりに近付いた夏休みのある日。

みっちゃんはそんな姿で、廃屋のそばの古井戸の底から発見された……。

*

やっぱり、さいしょにみつけたのは、よしあきくんだった。

あはは。よしあきくん、ほんと、かくれるのへただなあ。

じてんしゃひいてあるいていたんじゃ、かくれたことにならないよ。

つぎはだれかなあ。

ともちゃんかな。

まさるくんかな。

かずちゃんはきっとさいごだな。かずちゃんて、かくれるのすごくうまいもん。でも、ぜったい、みつけるよ。

ぜったい、ぜったい、みつけるよ。

こんど、どこ、さがしにいこうかなあ……。

＊

当時、私は七歳だった。

みっちゃんこと松本みち子も七歳で、同じクラスではなかったけれど、家が近かったので、放課後や休日などよく一緒に遊んだ。

山藤智子も蒔田良昭も近所の遊び仲間だった。もう一人、酒屋の子で篠塚《しのづか》勝《まさる》という少年もいた。

私たち五人は、集まるとよくかくれんぼをした。「かくれんぼしよう」と最初に言い出すのは、きまってみっちゃんだった。みっちゃんはかくれんぼが大好きだった。

夏休みもあと数日を残すばかりになったあの日、朝のラジオ体操で顔を合わせた私たちは、朝ごはんを食べたら、近くの猿田彦神社で遊ぼうと約束した。

集まると、かくれんぼをしようということになった。言い出したのはみっちゃんだった。じゃんけんで鬼を決めた。負けて鬼になったのもみっちゃんだった。

みっちゃんは、どういうわけか、ぱあとぐうしか出さない子だった。

神社の境内にある銀杏《いちょう》の木のそばで、みっちゃんは後ろをむいて百数えはじめた。私たちは蜘蛛《くも》の子を散らすように散らばって、思い思いのところに隠れた。

私は、神社からだいぶ離れた空き地の隅に積んであった材木の陰に隠れた。

いつ、みっちゃんが探しに来るかとどきどきしながら息をひそめていた。しかし、いつまでたっても、みっちゃんは探しに来なかった。

そのうちじっと隠れているのに飽きてきた。不安にもなっていた。他の子はみんな見つかって、私だけ忘れられているのではないかという気がしてきたのだ。

かくれんぼというのは不思議な遊びだ。

最初は、鬼に見つからないかと思ってどきどきしているのだが、長いこと放っておかれると、今度は見つけてもらえないのではないかと不安になってくる。

やがて、私はもう我慢できなくなって、材木の陰から出ると、集合場所だった神社に行ってみた。

すると、そこには、みっちゃん以外の三人がいた。みんな、鬼のみっちゃんがいつまでたっても探しに来ないので、不安になってここにやってきたらしい。

みっちゃんの姿は神社にはなかった。

しばらく四人で待っていたが、そのうち、良昭君が、「夏休みの宿題をまだやってない」と言い出した。私も智子も同じだった。勝君だけが既に済ませたという。それで、私たちは、勝君の家に寄って、夏休みの宿題をやろうということになった。

「みっちゃんもきっとうちへ帰ったんだよ」

そう言ったのは勝君だった。

私たちはみなそう思っていた。

でも……。

みっちゃんは家に帰ってはいなかった。

夜になって、みっちゃんの両親が娘がまだ帰ってこないと騒ぎ出した。警察まで呼んで捜し回ったあげく、みっちゃんは、神社近くの廃屋のそばにあった古井戸の底から発見された。

変わり果てた姿で……。

みっちゃんの首には手で絞められたような痕があった。

この痛ましい殺人事件は、のどかな田舎町を震撼《しんかん》させた。一時はこの廃屋に数年前から住み着いていたという中年の浮浪者が疑われたが、その後、男の容疑は晴れた。事件当時、男が全く違う場所にいたというアリバイが証明されたからだ。結局、みっちゃんを殺した真犯人はいまだに逮捕されていない。

事件の後、私たちはもう二度とかくれんぼはしなかった。廃屋は取り壊され、底の方に僅《わず》かな水たまりを残していた古井戸も埋められてしまった。

電話を切ったあとも、私はダイニングテーブルの椅子にぼんやりと座り続けていた。夕食のしたくの最中だったのも忘れて。

蒔田良昭は、あの接触事故の直後、みっちゃんに似た女の子と神社のそばで会ったと言っていた。そして、今、山藤智子も、旅先の宿でみっちゃんに似た女の子に会ったという。

これは一体……。

胸の底でざわつくものがあった。

それに、智子の電話の声。

妙に明るかった。明るすぎた。

思えばあれも変だった。

智子はいつももっと低い声で、どちらかといえば、ぼそぼそと、やや暗めの話し方をする方だった。

それがあんなにはしゃいだような声で……。
智子の身に何か起こった。
いや、起ころうとしているのではないか。
このとき、そんな虫の知らせのようなものを私は漠然と感じ取っていた。

*

あれっ。
ここどこだろう。
きがつくと、おうちの中にいた。
ながいぴかぴかのろうかがあって、おへやがいっぱいならんでいるよ。
どこなのかなあ。
あたしのおうちじゃない。
あ。
むこうからおんなの人がくる。
ゆかたをきて……。
あれ、ともちゃんだ。
ともちゃん、おとなのおんなの人みたい。

どうして、ともちゃんてわかったのかわからないけど、あれはともちゃんだって、あたしにはすぐにわかった。

ともちゃん。ともちゃん。

どうしてそんなにかなしそうなかおしてるの？

あたしにみつかっちゃったから？

あたしはともちゃんのまえまではしっていくと、ゆびさしていった。

ともちゃん、みーつけた。

＊

山藤智子が金沢の旅館で夫と服毒心中したと知らされたのは、それから数日後だった。あとで聞いた話では、智子が夫と枕を並べて青酸性の毒物を呑《の》んだのは、私に電話をしてきた夜だったらしい。

枕元には遺書があり、遺体が発見されたとき見苦しくないようにとの配慮からか、宿の浴衣を着た智子の両足は紐でしっかり結ばれていたという。

心中の動機は、遺書によると、返済のめどもつかないほどに膨れ上がった借金だった。夫の会社がうまくいかなくなってから、銀行をはじめ、多くの消費者金融から借りまくった借金が、いつのまにか利子だけでも相当の額に達していたのだという。

金沢の温泉旅館は、以前、二人が付き合い始めた頃に一度訪れており、二人にとって楽しい思い出がある場所だったらしく、最後の夜をそこで過ごそうと決めて宿泊したのだと後で知った。

「何も死ななくても……。他にいくらでも道があったのに」

智子の母親は私の前でそう言って泣いた。

一週間ほど前、智子から電話があったとき、弁護士と相談して、自己破産することに決めたと言っていたというのだ。これで借金地獄からはとりあえず抜け出せると。それなのに、智子夫婦は土壇場で服毒心中という道を選んでしまった。

どうして、と。

私はそれを聞いたとき、鳥肌がたつ思いであることを確信した。

みっちゃんだ。

みっちゃんが智子を「引いた」のだ。

小さな子供が不慮の事故や事件で死んだとき、子供の魂はさびしがって、友達を「引き」に来るのだと、昔、祖母から聞いたことがあった。子供の無垢《むく》の魂が遊び相手を欲しがるのだと……。

智子夫婦が東京の自宅を出たときから、既に心中の意志を持っていたのは明らかだった。どこでどう調達したのか知らないが、青酸化合物も東京から持参したものらしかったから。

しかし、智子の心の中では、死の直前まで、揺れ動くものがあったのではないだろうか。自殺を半ば覚悟しながらも、どこかでそれをのがれようとする本能もあったのではないか。私に突然電話をかけてきたのも、もしかしたら、そんな揺れ動く気持ちの表れだったような気がしてならなかった。

でも、みっちゃんが智子を「引いた」のだ。死の世界へ。苦しみも悩みもない、永遠に子供のように遊んでいられる世界へ。

蒔田良昭を「引いた」ように……。

私はこの話を篠塚勝にしてみた。

勝も三年前まで東京にいたのだが、父親が亡くなったのを機に故郷に帰ってきて、今では家業を継いで酒屋の主人になっていた。

智子や良昭が死ぬ前に、みっちゃんに似た女の子に会ったらしいという話をすると、勝は半信半疑という顔で聞いていた。

「みっちゃん、やっぱり、俺たちを恨んでいるのかな」

ぽつんとそんなことを言った。

「恨む？　どうして恨むのよ？」

そう訊くと、

「あの日、みっちゃんがあんなことになっているとも知らないで、俺たちさっさと帰ってきてしまっただろ。だから……」

勝はそう言った。

あのとき、神社の木のそばで、「うちで夏休みの宿題をやらないか」と言い出したのは勝だった。

「みっちゃんもきっとうちへ帰ったんだよ」

勝はそうも言った。

それをずっと気にしていたようだった。だが、恨みではないと私は思った。みっちゃんの幼い魂は自分が死んだということを認識していないのではないか。

みっちゃんは遊びたいだけなのだ。大好きなかくれんぼを続けたいだけなのだ。

あの世とこの世の境にある冥《くら》い世界で、みっちゃんは今もなお、あの赤いスカートをひるがえらせて、鬼をやり続けているのだ。

たった独りで。

翌日、私は勝と一緒に、近所のお寺にあるみっちゃんの墓を訪れた。みっちゃんが好きだったお菓子と花を供え、「どうか、もうこれ以上私たちを引かないでください」と手を合わせた。

＊

わあい。
あたりいちめんまっしろしろ。
ゆきだ。
ゆきがつもってる。
ここはどこ?
あたし、またへんなとこにきちゃったよ。
さむいなあ。
つめたいよお。
あれぇ。
だれか、ねてるよ。
ふたりのおじさんだ。
どうしたの?
ころんだの?
けがしたの?
あ。ひとりはまさるくんだ。

まさるくんたら、おひげなんかはやして、おじさんみたい。

こんなとこにかくれていたんだね。

あはは。

まさるくん、びっくりしたようなかおしてる。

みつかるとおもってなかったのかな。

じょうずにかくれたつもりだったのかな。

ざんねんでした。

あたし、みつけるのうまいんだよ。

まさるくん、みーつけた。

*

篠塚勝が亡くなったのは、山藤智子の心中事件から三年たった十二月のことだった。

学生時代から山歩きの好きだった勝は、大学時代の友人と二人きりで白馬乗鞍岳《しろうまのりくらだけ》に山スキーに出掛け、蓮華《れんげ》温泉に向かう途中、吹雪のためにコースを見失い遭難したのだった。

翌日、山岳救助隊のヘリコプターが二人を発見したとき、友人の方は生きていたが、勝は既に絶命していたという。

斜面を滑落した際に、勝も友人も負傷していた。友人の方は片足首の骨折だけだったが、勝は両足と肋骨《ろっこつ》を数本折っていて、しかも、折れた肋骨が片肺を貫いていたという。


みっちゃんだ。

勝の訃報《ふほう》を聞いた瞬間、私はそう思った。

またみっちゃんが「引いて」いったのではないか。

そう思うと、いてもたってもいられなかった。

白馬で一緒に遭難したという勝の友人に会って、詳しい話を訊きたいと思った。

勝は、死ぬ前、みっちゃんの姿を見ていたのではないか。生き残った友人が何か知っているかもしれない。

勝の妻から、その友人が入院している病院を聞き出すと、すぐに私は会いに行った。

事情を話すと、友人は病院のベッドの上で、遭難したときの様子を話してくれた。

蓮華温泉に向かう途中、突然の吹雪でコースを見失い、うろうろしているうちに、二人揃って斜面を滑落したのだという。

立ち木にぶつかり、ひどい怪我を負いながらも、このとき、勝はまだ生きていたのだと友人は言った。

救助のヘリが二人を発見してくれるのを待っているうちに、寒さや骨折の痛みすらも遠のくような猛烈な眠気が襲ってきた。しかし、ここで昏睡してしまえば凍死する。二人は必死に目を開け、お互いに声をかけ合い続けた。

そして、恐怖の一夜が明けた。吹雪はウソのようにやみ、晴れ渡った朝がきた。声をかけると、勝はまだ生きていた。

そのとき……。

「女の子が現れたんですよ」

友人はベッドに横たわったまま、うつろな目でそう言った。

「雪原に、突然、空から降ってわいたように、小さな女の子が。白いブラウスに赤いスカートをはいていました。そして、勝の方を向いて、指さしながら、『まさるくん、みーつけた』と言ったんです……」

それだけ言うと、女の子の姿は雪原に溶け込むように消えてしまったのだという。

勝の様子が急変したのはその直後だった。見る間に唇が紫色になっていき、顔には死相が現れていた。

そして、いくら話しかけても、もはや返事はかえってこなかった。

「まさか、あんなところに、小さな女の子が一人でいるはずはないし、しかも、その子の着ていたブラウスは半袖でした。とても冬山に登るような格好じゃありません。きっと夢を見たんですね。眠るまいと頑張《がんば》っていたんですが、ついうとうとしてしまったんでしょう」
友人はそう言った。
夢じゃない。
私はそう叫びたいのをこらえていた。
やっぱりみっちゃんだった。
みっちゃんはまだかくれんぼを続けるつもりなんだ。
最後の一人を見つけるまで。

＊

これで、さんにん、みつけたよ。
あとは、ひとりだけ。
かずちゃん、どこにかくれているのかなあ。
かずちゃん、かくれるのうまいからなあ。
でも、みつけるよ。
ぜったい、ぜったい、みつけるよ。

＊

あれから、私は、赤いスカートをはいた女の子が怖くなった。みんな、みっちゃんに見えてしまうのだ。

町中で赤いスカートの女の子を見かけたりすると、恐怖のあまり、身体が硬直して一歩も歩けなくなってしまった。

みっちゃんは今も私を探している。

最後の一人である私を探し続けている。

みっちゃんはあきらめない子だった。

どんなに上手に隠れても、みっちゃんが鬼のときは、必ず見つけられてしまった。

だから、きっと、いつか……。

赤いスカートをはいた女の子が突然目の前に現れて、「かずちゃん、みーつけた」と嬉しそうに指さす夢を何度も見ては、夜中にとび起きることもあった。汗びっしょりになって。

こうして、みっちゃんの幻に脅えながら、一年、また一年と時はゆるやかに過ぎていった。

みっちゃんは現れなかった。

そして、気が付くと、二十年という歳月がいつのまにか過ぎていた。

二十年の間にいろいろなことがあった。父母があいついで亡くなり、五年前に夫も癌《がん》インした。

その翌年、長女が嫁ぎ、次女も今年の六月に学生の頃から付き合っていた人とゴールで他界した。

曾祖父が建てたという古い家に、今では私一人になってしまった。父が大事にしていた植木の手入れなどをしながら、静かにのんびりと暮らしていた。

この頃になって、私の心の中に微妙な変化が現れていた。

買い物帰りなどに、町中で赤いスカートをはいた女の子を見かけても、もう昔ほど怖いと思わなくなっていた。

それどころか……。

それがみっちゃんでなかったのが分かると、ほっとするというより、がっかりするような気持ちさえ抱くようになっていた。

それは、ちょうど、子供の頃、かくれんぼをしていて、はじめは鬼に見つかるのではないかとびくびくしていたのに、あまり上手に隠れすぎて、いつまでたっても鬼が見つけにこないと、今度は見つからないことがだんだん不安になってくる。

あの奇妙な心理に似ていた。

私の心の奥底で、早く、みっちゃんに見つけに来てもらいたい、そして、この長すぎるかくれんぼを終わりにしたい。そんな願望が密かに芽生えはじめていた。

父母と夫を見送り、二人の娘を嫁がせた今となっては、私の中で生に対する執着が薄れてきているのかもしれなかった。

だからもう、みっちゃんの幻が怖くなくなったのだ。

それに、良昭も智子も勝も、みっちゃんに「引かれた」とずっと思っていたが、最近になって、そうではなかったのかもしれないと思うようにもなっていた。

三人とも、生と死のボーダーライン上にいたときに、みっちゃんに会っている。たぶん、みっちゃんの魂は、生と死のはざまにある世界を今も彷徨《さまよ》っているに違いない。だから、生の世界にいる間は、あの子には私たちの姿が見えないのだ。それが、ひとたび、生と死の境に立たされたときだけ、みっちゃんの目に私たちの姿が見えるのだろう。

みっちゃんはただ、死の世界に入りかけていた三人の姿を見つけただけだったのではないか。

三人の死は、みっちゃんに会う前から既に決められていたのかもしれない。いや、決められていたわけではなくても、少なくとも、三人の死とみっちゃんは無関係だったんだ。決して、みっちゃんが、三人を無理やり「引いて」いったわけではなかった。

そんな風に思えるようになっていた。

＊

へんだなあ。

かずちゃん、どこかなあ。

まだみつからないよ。

どこにかくれちゃったのかなあ。

そうだ。

かずちゃんのおうちへいってみようかな。

おうちにかくれているかもしれないよ。

うらからそうっとはいってみよう。

＊

買い物から帰って、玄関の鍵を開けていると、なかから電話の鳴る音が微かに聞こえてきた。

慌てて家の中にはいり、鳴り続けている電話を取った。

「あ、お母さん？　あたし」

かけてきたのは長女だった。

今夜、夫が出張で留守なので、孫を連れて泊まりに来るという。長女は隣町に住んでいた。

「……ねえ、病院行った？」

用件を伝え終わると、娘はふと思い出したというように訊いた。

「病院？」

「ほら、この前、胃の辺りが変な痛み方するって言ってたじゃない。一度、病院で検査してもらった方がいいよ。癌ってことも考えられるし……」

娘は言った。

確かに、一カ月ほど前から、胃のあたりに鈍い厭な痛みを感じるようになっていた。

「まさか」

私がそう言って笑うと、

「まさかじゃないよ。お父さんのときだって」

娘は声をつまらせた。

夫は胃癌で亡くなっていた。

「発見が早ければ、今は薬で治るんだから」

娘はそう言った。

私は分かったと言い、電話を切った。

次女の結婚式やらなにやらで、ストレスがたまっていたので、たんなる胃潰瘍《いかいよう》か何かだろうとは思うのだが。念のために、夫が世話になった病院で、一度、診てもらおうかとも思った。

しかし、そんなことは私の頭からすぐに消えた。

孫が来るなら、何か好物でも作ってやろうと思いたったのだ。孫が野菜をたっぷり入れたカレーが好きだったのを思い出した。

あれを作ってあげたら喜ぶだろう。

ちょうど庭に植えたトマトが食べ頃に熟れていたはずだった。私は、台所から笊《ざる》を持ってきて、庭に出た。

赤く熟れたトマトを二、三個もぎとって、笊に入れ、縁側から座敷にはいろうとしたときだった。

背後になんとなく人の気配を感じた。

何げなく振り返ると、庭の真ん中に、赤いスカートをはいた女の子が立っていた。

＊

うらのかきねからのぞくと、にわかにおんなの人がいた。

トマトをもいでいるよ。

かずちゃん？
かみがすこししろくなってる。
へんなの。
おばあさんみたい。
おうちにかくれてるなんて、ずるいよ。
かずちゃん。
でも、もうみつけたからね。
あたしはそうっとうらからはいった。
ぬきあし、さしあし。
かずちゃんがふりむいた。
あたしはかずちゃんをゆびさしていった。
かずちゃん、みーつけた。
かずちゃんは、びっくりしたみたいにあたしをみていた。
それから、すこしわらった。

黒髪

ある晴れた朝だった。

朝食をとっていた夫が、突然、スプーンを動かす手を止め、何かを発見したようにスープ皿の中を覗き込んでいる。

「どうしたの？」

その不審な様子に気が付いた私が訊ねると、夫は、スープ皿からつまみあげたものを無言で見せた。

それは一本の長い髪の毛だった。

「気を付けてくれよ……」

夫は、つまみあげたものを汚らしそうに払いのけると、急に食欲がなくなったといわんばかりに、中身の半分ほど残ったスープ皿を乱暴に前に押しやった。

「ごめんなさい。今、新しいのを」

私は慌てて立ち上がりかけたが、夫は、不機嫌な表情で手を振ると、「もういい。コーヒーを淹《い》れてくれ」と言った。

台所に立って、スープの残りを捨てながら、私は、なんとなく釈然としなかった。

スープの中に入っていたのが私の髪の毛だと夫は思い込んだようだが、私のものではない。調理をするとき、十分気を付けていたし、そもそも私の髪はあんなに長くはない。しかも、明るめのブラウンに染めている。スープに入っていたのは、黒い直毛だった。

むろん、夫の髪でもなかった。

明らかに女性を思わせる長さであり、細さの髪だったからだ。

この古い家には、私と夫しか住んではいない。

一体、誰の髪が紛れ込んだというのだろう。

野菜スープは、インスタント物ではなく、朝起きてすぐに作ったものであり、作ってから台所を離れるときも、鍋の蓋《ふた》はしておいたはずだ。私や夫以外の人の髪の毛が中に紛れ込むとは考えられなかった。

それに……。

私は思い出していた。これと似たようなことが前にもあったのを。

最初は、私がこの家に来て間もない頃だった。

ある朝、シーツを替えようとして、夫の枕に一筋の長い髪の毛が付着しているのに気が付いた。夫の髪ではなかった。私のものでもない。黒くて長い女の髪の毛のようだった。

二度めは、それから一カ月ほどして、夫の後に風呂に入ったときだった。

風呂場の排水口に、一本の長い黒髪がからまっているのを見つけたのである。

夫がスープ皿からつまみあげて見せた髪の毛は、夫の枕や風呂場の排水口で見つけたものと似ているような気がした。

黒くて長い……。

まるで夫にまとわりつくように存在する不可解な女の髪。

ふと、私の脳裏にそんな髪をしていた一人の女性の顔が浮かんだが、すぐに自分で自分の思いつきを打ち消した。

そんなはずはない。

彼女のものであるはずがない。

なぜなら、彼女は……。

*

私が新米の雑誌編集者として、今の夫、真壁《まかべ》彰《あきら》にはじめて出会ったのは、二十三歳のときだった。

当時、新進気鋭の作家として世に出たばかりの真壁の担当になったのが知り合うきっかけだった。出会ったとき、彼には既に五歳年上の妻がいた。

司津子《しづこ》さんといって、やや能面風の白い上品な顔立ちに、背中までさらりと癖なく伸びた漆黒《しっこく》の髪が印象的な人だった。

真壁の担当になったことで、逗子《ずし》にある彼の家にも幾度となく足を運び、自然に司津子さんとも親しく口をきくようになっていた。

聞くところによると、二人が結婚したとき、真壁はまだ学生だったそうで、彼が作家としてデビューできたのも、いわゆる下積みの時代を、彼女が経済的なものも含めて、陰になり日向になり支え続けたおかげだという話だった。

逗子の家も、もともとは、司津子さんの父親の別荘だったものを、二人が結婚したときに新居として譲り受けたものらしかった。

それにしても、彼女の夫への献身ぶりは半端ではなかった。その甲斐甲斐しさは、たんに身の回りの世話をするという域に止まらなかった。

真壁から短編の生原稿をはじめて渡されたとき、原稿用紙に整然と並んだその文字の流麗さに私は少なからず驚いた。

まるで書道の心得があるような見事な筆跡だったからだ。しかも、直しの跡が全くない。不思議に思い、それとなく訊くと、真壁の原稿は、すべて司津子さんがいったん奇麗に清書してから編集者に渡すのだという。

それというのも、真壁の字は他人が判読するにも一苦労するような悪筆だそうで、文学賞の新人賞に応募するとき、これでは審査員の印象が悪くなるだろうと心配した司津子さんが徹夜で書き直したのがはじまりで、それ以来、習慣のようになってしまったという話だった。

「大変ですねえ」と感嘆して言うと、彼女は、穏やかに笑って、「いいえ、ちっとも。これがわたしの楽しみなんですから」と答えた。

その幸福そうな笑顔は、妻というより、まるで一人息子を溺愛《できあい》する母親のように見えた。

十年近く連れ添っても子供に恵まれなかったせいか、本来ならば子供に注ぐべき愛情をも惜しみなく年下の夫に注いでいる。そんな感じがした。

真壁と知り合って一年がたつ頃、いつのまにか、私の中で真壁彰という男の存在は、担当する一作家という以上のものになりつつあったが、私は、そんな感情を当人にはもちろん、周囲にも決して気取《けど》られないように押し殺していた。

私のような小娘がどう頑張ったところで、司津子さんのあの完璧な良妻ぶりには到底かなうはずがないと、はなからあきらめていたせいもあった。

ところが……。

皮肉にも、私の秘めた恋に最初に気付いたのはその司津子さんだった。

＊

あれは、私が真壁の担当になって二年めの春先だった。

社にいた私は突然司津子さんから電話を受けた。電話の向こうで、彼女は、「是非、会って話したいことがある。時間を作ってもらえないか」とやや思い詰めたような声で言った。

その頃、司津子さんは都内の大学病院に入院していた。以前に患った乳癌が再発したらしいということだった。

折を見て見舞いに行こうと思っていた矢先でもあったので、私はやりかけの仕事を後回しにして病院に駆けつけた。

病室のベッドに横たわる彼女は、痩せて顔色こそ悪かったが、思いのほか元気そうだった。背中まであった長い黒髪を入院中は手入れが大変だからと、ばっさりと切って、耳で揃えたオカッパのような髪形にしていたせいか、どこか幼女っぽく見えた。

私が持参したメロンを食べながら、しばらく、あたりさわりのない世間話などしていたが、その世間話の延長のような形で、彼女は、さりげない声で、「あなた、付き合っている方はいらっしゃるの？」と訊ねてきた。

私は、そんな人はいないと答えた。ボーイフレンド程度の友人ならいたが、深い付き合いをしている人はいなかったし、仕事が面白くなりはじめていた頃でもあったので、結婚なんて全く考えてはいなかった。

すると、それまで微笑んでいた司津子さんの顔から笑みが消え、真顔になったかと思うと、彼女はぽつんと言った。

「今度はだめかもしれない……私」

私が「え？」と訊き返すと、

「再発しただけではなく、他にも転移しているらしい」

と打ち明けてくれた。

「そんな、まさか……」

私はそう答えるのが精一杯だった。

彼女はしばらく考えごとをするように、遠い目をして窓の外を見つめたまま黙っていたが、ふいに私の方に視線を戻した。表情ががらりと変わっていた。

何かを決心したような顔だった。

彼女は死ぬのは怖くないと言った。前に乳癌の告知を受けたときに、一度覚悟したことであり、今も覚悟だけはできていると。

ただ、どうしても一つだけ心残りがある。それは、後に残していく夫のことだという。

「ペンを持つ以外は何もできない子供みたいな人だから、私がいなくなったら、どうなってしまうんだろうと考えると、心配で心配で夜も眠れない」

と彼女は私に訴えた。

確かに、真壁には縦のものを横にもしないようなものぐさなところがあり、身の回りの世話はすべて妻にまかせっきりのようだった。もし、司津子さんがいなくなったら、靴下一つ満足に自分で履けないのではないかと私も思った。

「家事をこなすだけなら、家政婦さんを雇えば事足りるけれど、家政婦さんは精神的な支えにまではなってくれないし……」

と、彼女は続けた。

「あの人はもっと大きくなる人だわ。これからもっともっと良い作品を書ける人。でも、一人では無理。彼と彼の作品を心から愛し理解してあげられる人がそばについていなければ」

そう言って、司津子さんは、一重まぶたの下の、きらきらと異様に光る目でじっと私の目を覗き込みながら言った。

「たとえば、あなたのような」

「私……？」

私はぎょっとした。

彼女は、私の心の奥底まで見通すような目をしていた。心の奥底にそっと秘めていた感情をも見通すような……。

思わず目をそらした私の手を彼女は両手で強く握り締めてきた。微熱でもあるような熱い手だった。そして、こう言った。

もしも……。

もしも、私が死んだら、私の代わりになってあの人を支えて欲しい、と。

私は思いもかけなかった彼女の言葉にただただ呆然としていたが、

「でも、真壁先生がどう思っていらっしゃるか。先生は、私なんかただの担当編集者くらいにしか思っていらっしゃらないかもしれません」

しどろもどろになりながら、それだけ言うと、彼女は微かに笑いながら言った。

「それなら大丈夫。彼はあなたをとても気に入っているわ。それも、仕事相手としてではなく。だって、あなたがうちに来る日はそれはご機嫌がいいんだから……」

＊

今から思えば、あのとき、彼女は、ある種の女性に特有の鋭い観察眼と直感力で、何もかも察知し、見抜いていたのかもしれなかった。

彼女が闘病生活の末に亡くなったのは、私がはじめて見舞った日からちょうど四カ月後だった。そして、彼女の一周忌がすぎた頃、私は仕事をやめ、真壁彰の妻になった。

最初、夫の枕に一筋の長い黒髪が付着しているのを見たとき、ふと、先妻の司津子さんのことを思い出したのだ。

だが、彼女の髪のはずはなかった。

亡くなって一年以上がたっているわけだったし、逗子の家に来てから、毎日、掃除はまめにしていた。

かりに彼女の髪の毛が家のどこかに落ちていたとしても、その髪が夫の枕や風呂場の排水口で見つかるというのはおかしい。まして、今朝作ったばかりの野菜スープの中に紛れ込むはずがなかった。

それでは一体誰の髪の毛なのか。

訪問客のあれこれを思い出してみても、こんな長い髪の人はいなかったし、たとえ、訪問客のものだったとしても、やはり、釈然としなかった。

なんとなく薄気味悪い思いを残しながらも、この不可解な髪の毛のことは、次第に私の脳裏から薄れていった。

あれが現れたのは、そんな頃だった。

*

その日、私は自分の部屋でワープロに向かっていた。夫の生原稿をワープロで打ち直していたのである。

私もいつのまにか司津子さんに倣って、夫の原稿を清書するのが日課になっていた。

はたから見ると大変そうに見えるかもしれないが、やってみると、思いのほか楽しかった。

いつだったか、司津子さんが、「夫の原稿を清書するのは私の楽しみ」と言っていた言葉の意味をようやく身をもって理解したような気がした。

生まれたばかりの作品を一番最初に読めるという喜び。それに加えて、ひとつの作品を世に送り出すための共同作業をしているのだという充実感もあった。

その日もそんな思いでワープロのキーを叩いていた。

夢中でキーを叩いていると、つま先に何かが触れたような気がした。

それは、触れるか触れないかという微妙な感触だったが、背中にぞくりとするような悪寒が走った。私は思わず足を引っ込め、キーを打つ手をとめて足元を覗き込んだ。

そのとき、デスクの下にもぐり込んでいたらしい何かが、素早い身のこなしでさっと私の足元から離れ、カサカサと枯れ葉が転がるような乾いた音をたてて、開け放したままの襖《ふすま》の向こうに逃げ去るのを見た。

あまりにもその動きが素早くて、それが何であるのか、私には解らなかった。

一瞬、鼠《ねずみ》かと思った。

時折、屋根裏を走る鼠の足音らしきものを耳にすることがあったからだ。

そういえば……。

数日前にも、夜中、台所の電気をつけたら、黒い生き物がさっと戸棚の隅に隠れるのを見たのを思い出した。

ゴキブリにしては大きすぎる。

やはり、鼠だろう。

ただ……。

鼠にしては、ほんの一瞬かいま見たその姿は、妙に細長かったような気がした。

しかも、その動きは、走るというよりも、むしろ……這《は》う、という感じに見えた。

身をくねらせて這う。

まるで蛇のように。

蛇?

まさか。

私は自分の思いつきを一笑に付した。

蛇が家の中に入り込んだとも思えないし、それに、あれが蛇なら、あんな枯れ葉が転がるような乾いた音はたてないだろう。

それでも気になって、私はデスクから立ち上がると、部屋を出た。

鼠ならまだしも、蛇が、それも黒い蛇が家の中に入り込んでいるとしたら大変だと思った。黒蛇は凶兆の現れであると聞いた記憶があったからだ。

箒《ほうき》を片手に家の中を見て回った。家のどこかに隠れているのではないかと部屋中を隈《くま》なく探してみたが、外に逃げてしまったのか、それらしき姿はどこにも発見できなかった。

台所の隅に鼠捕りをしかけてから、部屋に戻ってきた。

翌朝、見ると、鼠捕りには、子鼠が一匹ひっかかってキーキー鳴いていた。

やはり鼠だったのだ。

幾分ほっとしながら、私はそう思った。

*

しかし、あの奇妙な生き物の気配はそれからもなくならなかった。何度か、家の中であの黒いものを見かけることがあった。

一度は、廊下の突き当たりにある物置のそばを通りかかったら、ほんの少し開いていた戸の隙間から、するっと黒いものが中に入り込むのを見たような気がした。

すぐに物置の中に入ってみたが、どこに隠れてしまったのか、それとも、私の目の錯覚にすぎなかったのか、その黒い生き物を見つけることはできなかった。

屋根裏では鼠の足音は相変わらず聞こえていたから、あれも鼠だったんだろうと思った。夫に話しても、彼は何も気が付かないらしく、全く興味を示さなかった。

気にはなったが、あの髪の毛の件同様、そのうち忘れていった。

私が身体の変調に気づいたのは、それから数週間後のことだった。もしやと思い、病院で診てもらうと、思った通り、おめでただと医者に言われた。三カ月に入ったばかりだという。

夫に告げると、司津子さんとの間に子供ができなかったせいか、意外なほど喜んでくれた。喜んでくれたのは夫だけではなかった。私の実家は言うまでもなく、夫の実家の人たちも、これでようやく孫の顔が見られると手放しで喜んでくれた。

でも、もちろん、妊娠したのを一番喜んだのは私自身だった。

ただ、一つ気になることがあった。それは、司津子さんの遺言とも言うべきものを思い出したからだった。

それが私の喜びに水をさした。彼女は、いつだったか、私に言ったことがあるのだ。真壁と結婚しても、子供は作らないで欲しい、と。

子供ができると、私の愛情も関心も子供の方に移ってしまい、夫の世話がおろそかになるからだと彼女は言った。

いくら彼女の頼みでも、これだけは聞けないと思ったが、死に瀕した人の必死の頼みをむげに断るわけにもいかず、そのときは、彼女の願いを受け入れるような返事をしてしまったのだが……。

司津子さんとの約束を破るようで、なんとなく心苦しかったが、既に宿ってしまった小さな生命の芽を摘むようなことは、もちろんできない。

私は子供を産むつもりだった。

*

異様な苦しさで目が覚めた。

何かが首に絡み付いている。

それが頸部《けいぶ》を圧迫して息ができなかった。

私は両手で首に巻き付いているものを引きはがそうとした。

だが、それは容赦なく締め付けてくる。

死に物狂いで爪《つめ》をたてて掻《か》き毟《むし》っていると、ようやく、両手の隙間からそれがズルリと抜けるような感触があった。

私は布団の上に起き上がり、絞められていた首を片手で撫《な》でながら、はあはあと肩で大きく息をした。

あたりは墨を流したように真っ暗だった。

寝《ね》ている間に誰かに首を絞められた。

咄嗟《とっさ》にそう思った。

でも、誰が……。

枕元のスタンドを点けて、隣で寝ている夫を見た。

夫は軽いいびきをかいて完全に熟睡しているように見えた。

まさか、夫のはずがない。

棚の置き時計を見ると、午前三時を少し回ったところだった。

今のあれは何だったのだろう。

誰が私の首を……。

それともあれは悪い夢か何かだったのだろうか。

私はそろそろと起き上がると、寝室の隅の鏡台の前まで行った。そこの鏡に映してみると、首の回りには紐状のもので絞められたような赤い筋がうっすらとついていた。

夢ではなかった。

確かに誰か、いや、何かが私の首を絞めたのだ。

私が寝ている間に……。

そのとき、私は鏡に映っているものを見て、ぎょっとした。

私の白い寝間着の胸のあたりに、一筋の長い髪の毛のようなものが貼りついていた。

つまみ取ってみると、まぎれもなく、それは髪の毛だった。私のではない。黒くて長い直毛。

あの髪の毛だった。

それに……。

首に巻き付いていたものをはずそうと両手でつかんだときに感じた、あの何とも言えない厭な感触を思い出した。

闇《やみ》の中で感じた、妙にけばだって、ひんやりとした手触り。そして、微かに聞いた、きしきしと何かが擦れ合って軋《きし》むような音。

あれは、まるで……。

私の心臓は早鐘《はやがね》のように鳴り出し、恐ろしい想像で、喉がからからに渇いていた。

無性に水が飲みたかった。

私は寝ている夫を起こさないように寝室をそっと抜け出した。

寝室は二階にあった。階下の台所に行こうとして、廊下の常夜灯の弱々しい明かりだけを頼りに、階段を下りようとしたときだった。

階段の隅に何かがいた。

黒い影になって蟠《わだかま》っていた、それが、突然、そろりと踏み出した私の裸足の足首に絡み付いてきたのだ。

あっと思った瞬間、それに足を取られ、身体のバランスを大きく失った。

私はそのまま階段を転げ落ちた。

＊

病院のベッドの上で意識を取り戻したとき、たいした怪我こそしなかったが、階段から転げ落ちたショックで、流産したことを知らされた。

子供はこの先いくらでも作れるさと、自分自身をも慰めるように言う夫に、なぜか、私は、真夜中に階段から転げ落ちた本当の理由を打ち明けられなかった。

あの夜、何かに首を絞められたこと、しかも、それが、階段を下りようとした私の足に絡み付き、バランスを失わせたのだということを……。

夫はあの家の中で静かに起きている異変に全く気付いていないようだった。

虚構の中ではあれほど鋭敏な神経を働かせることのできる人が、現実の日常の中では驚くほど鈍感だった。

毛の生えた得体の知れない生き物があの家のどこかに棲みついていて、私を殺そうとしたなんてことを、たとえ打ち明けても、信じてもらえそうもなかった。

私自身、自分で体験しておきながら、信じられなかったからだ。

あれが本当に実在するものなのか。

時がたつにつれて、あれに首を絞められたときの生々しい感触の記憶が薄れていくにつれ、あれは夢か私の妄想の産物だったのではないかという気さえしてきた。

はじめての子供をこんな形で失ってしまった悲しみを一刻も早く忘れようと、私は、今まで以上に夫の世話に明け暮れるようになっていた。

何かをしていないとやり切れなかった。

それは夫の方も同じようだった。それほど子供好きのようには見えなかったが、やはり、心の底では子供が生まれてくるのを待ち望んでいたのかもしれない。

仕事に没頭することで、失った子供を忘れようとしたのか、来る依頼は片っ端から引き受け、まるで鬼神のような勢いで執筆に専念するようになっていた。

そして、数年後、夫は文壇で最も「権威」があると言われている文学賞を受賞した。

それは、神様が、私たちの子供を奪った償いに、一筋の明るい光で私たちの前途を照らしてくれたとでもいうようだった。

この受賞を機に、それまでは、ごく一部の評論家やマニアの間でしか話題にされない、幾分地味な存在だった真壁彰という一作家の名が、マスメディアを通じて、世間にあまねく知れ渡るようになり、いつしか、夫は文壇の寵児《ちようじ》になっていた。

夫の「名声」が高まるにつれて、その夫を無名の時代から支え続けた「元編集者の夫人」としての私の名前も人の口の端《は》にのぼるようになった。

女性週刊誌などのインタビューを受けるようになり、テレビ出演や講演の依頼まで舞い込むようになっていた。主婦向けの婦人雑誌から、軽いエッセイのようなものを頼まれたりもした。

この頃には、あれの存在など、すっかり私の頭から消えうせていた。あの黒いものを家の中で見かけることもなくなっていたし、毎日があまりにも目まぐるしくすぎていったからでもあった。

だが、あれはいなくなったわけではなかった。

＊

その日、午後に編集者が取りに来るというので、朝から、仕上がったばかりの原稿をワープロで打ち直していた。

一段落ついて、急にコーヒーが飲みたくなったので、私はワープロの電源を入れたまま席を立った。

台所に行って、コーヒーを淹れ、それを持って、部屋に戻ってきたときだった。

デスクの上を何げなく一目見るなり、手にしたマグカップを取り落としそうになった。

真昼の光を浴びて、そこに奇妙なものがいた。

私が部屋を出る前はいなかったものが。

黒くて細長いものがとぐろを巻くように丸くなって原稿用紙の上に載っていたのである。最初、蛇かと思った。

思わず悲鳴をあげそうになり、それでも、それをこらえてよく見てみると、それは蛇ではなかった。

髪の毛の束だった。

二カ所を紅い紐で結ばれた、四、五十センチほどの黒髪の束が、輪を描くようにして原稿用紙の上にあったのだ。

どうしてこんなものが、と不思議に思いながら、その黒髪の束に近付いた。

手を触れようとした瞬間……。

それは昼寝から覚めたとでもいうように、はっと身を強張らせ、驚き慌てふためいた様子で、原稿用紙の上から飛び降りると、かさかさと枯れ葉が転がるような儚《はかな》い音をたてて、逃げ去った。

私は目を見開いてそれを見ていた。

あれは明らかに人間、それも女性を思わせる長い黒髪の束だった。それがまるで命ある生き物のように動いている。

その事実に呆然としながら……。

我に返って、跡を追ってみると、それは廊下を蛇のように這いながら、廊下の突き当たりにある物置の、僅かに開いた戸の隙間からするりと中に入ってしまった。

物置の戸を開けてみると、小さな窓から入る僅かな光で、その黒いものが、奥の方に放り込まれた古い鏡台の上にするするとよじ上って行くのが見えた。

やがて、それは、鏡台の一番下の引き出しの中に吸い込まれるように消えた。

私はただそれだけを見ていた。

あの古い鏡台は、私がこの家に来た時、二階の寝室にあったものを私自身の手で真っ先に処分した、先妻の司津子さんの持ち物であったのを思い出しながら……。

＊

その夜、私はそれとなくあの黒髪の束について夫に訊ねてみた。

もっとも、あの髪の束が生あるもののように動いたなどとはおくびにも出さなかった。たまたま、物置を片付けていたら、古い鏡台の引き出しの中に女性のものらしい髪の束を見つけたと話したのである。

夫は、「髪？」と問い返し、すっかり忘れていたらしく、しばらく記憶の糸を手繰るような顔をしていたが、やがて、「ああ」と思い出したような表情になると、こともなげに言った。

あれは、司津子の遺髪《いはつ》だよ、と。

遺髪といっても、遺体から切り取った髪ではなく、生前、彼女本人が自分で切り取って、万が一のときの形見にと渡してくれたのだと夫は言った。

抗癌剤の副作用のことは知っていたようだから、おそらく、失う前に、自慢の黒髪を残しておきたかったのだろうと。

それを聞いて、私はあっと思った。

司津子さんから電話を受けて、はじめて病院に見舞ったとき、彼女が、入院中は髪の手入れができないからと、長い黒髪をばっさりと切ってオカッパのような髪形にしていたことを思い出したのだ。

夫の話では、あの前日に、彼女は看護師の手を借りて髪に鋏《はさみ》を入れ、その切り髪を自ら紅い紐で結わえて、夫に渡したのだという。

逗子の家に来て以来、私を密かに脅えさせ苦しめてきたものの正体がようやく判ったと思った。

あれは司津子さんの遺髪だったのだ。

髪は女の命ともいう。まさに、その髪に命が宿ってしまったのだ。死んだ女の妄執ともいうべき命が。

あれの正体が判ってみると、なぜ、ある朝、夫のスープに彼女の髪の毛が入っていたのかも判ったような気がした。

あの野菜スープはもともと司津子さんが考案したものだった。私はただ、彼女からレシピを教えて貰《もら》い、それをそのまま受け継いだにすぎなかった。

いつか、夜中に私の首を絞めたのも彼女だったのだろう。たぶん、彼女が狙《ねら》っていたのは、私の命ではなく、私の中に宿った小さな生命だったのだ。

あれ以来、どういうわけか子供はできず、そのせいか、あれが私に襲いかかるようなことは二度となかった。

一人の女の、夫への断ちがたい愛執の念が、彼女の魂魄《こんぱく》をこんな形でこの世に止まらせてしまったのだろうか。

家の中を、鼠かゴキブリのようにこそこそと這い回り、夜は物置に打ち捨てられた古い鏡台を棲処《すみか》にして眠る、感情と本能だけで生きる奇怪な闇の生物。

浅ましいと思った。

そして、同時に、哀れでならなかった。

知性も教養も人並み以上に備えていたはずの人が、よりによって、こんな浅ましいものになり下がってまで生き続けていることが。

*

あれの正体が判った上で、あれをどうしようかと私は悩んだ。

司津子さんの魂魄の宿った遺髪である以上、気味が悪いからと捨ててしまうわけにもいかない。

そこで、近くの寺に持って行って供養して貰おうと思いついたのだが、そんな私の心を読んだように、翌朝、鏡台の引き出しを開けてみると、あれの姿はどこにもなかった。家の中を隈なく捜してみたが見つからない。捕獲されるのを本能的に察知した小動物のように、どこかに逃げてしまったようだった。私は溜息をつき、あれを捕まえるのはあきらめた。放っておいても、私や夫に危害をくわえる風はなかったし、思えば、この家はもともと彼女のものなのだ。ここに居たければ居ればいい。そう思った。

いつしか、私の中で、あれを恐れる気持ちはなくなっていた。

すると不思議なもので、あれの方も、そんな私の気持ちを察したように、それからも、私と家の中で出くわしても、慌てふためいて逃げようとはしなくなった。

触れようとすると、さっと身を引くが、逃げはしない。こちらの様子を窺うように、その場にじっとかたまっていたりする。

その仕草が、いかにも臆病な小動物のようでおかしかった。

それとなく観察していると、あれは、私が夫の原稿を清書しているとき、必ずといっていいほど、どこからか現れるようだった。あの枯れ葉の転がるような儚い音と共に這ってきて、私が清書している間、じっとおとなしく見守っている。

時には、大胆にも、いつかのように、デスクの下にもぐり込んできて、私の足に触れることもあった。

あれがとりわけ好んだのは、夫の原稿用紙の上だった。まるで飼い猫がお気に入りの座布団に陣取るように、天気の良い日など、反故《ほご》にした原稿用紙の束の上で、丸く輪になって、昼寝でもしているように見えることがよくあった。

そんなときは、そっと触れても、逃げなかった。

つやつやとした黒髪に触れてみると、黒く見えたのは外側だけで、中の方は既に白髪になっていた。

あれも歳を取っていたのだ。

そういえば、最初に見た頃より、動きも鈍くなっているようだった。床や畳を這う姿に前ほどの素早さが見られなかった。どこかよたよたとぎこちない動きをしていた。

それにしても……。

疑問に思うことがあった。

この十数年というもの、夫は、一度もあれを見たことがないのだろうか。

同じ家の中にいて、私の方は何度となく目にしているというのに。

不思議といえば、それも不思議だった。

あれは私にしか姿を見せないのだろうか。

それとも……。

夫も見ているのかもしれない。

亡妻の変わり果てた姿を。

ただ、見て見ぬふりをしているだけなのかもしれない。

そんな気がした。

見たくないものは何も見ようとはしない人だから……。

司津子さんは、夫を、「ペンを持つ以外は何もできない子供みたいな人」とよく言っていた。私もそう思っていたが、夫と暮らすようになって、そうではないことに気が付いた。子供みたいな人なのではなく、子供のようなふりをしているだけなのだ。

日常の煩わしいすべてのものから自分の才能を守るために。外部の雑音を一切遮断した書斎という名の神殿に閉じこもるために……。

*

あれの姿が数週間見えないことがあった。

いつも、ワープロのキーの音を聞き付けると、どこにいてもやってくるのに、姿を見せない。

なんとなく胸騒ぎがして、私は物置に行ってみた。あの鏡台の引き出しを開けて、あっと言ってしまった。

あれはそこにいた。

つついても動く気配はなかった。

触ってみると、それは、水分の抜け切った、乾いた、ただの白髪の束になっていた。もうそこにはいかなる生命の息吹も感じられなかった。からからに干からびて死んでいた。

私はその白髪の束を夫の原稿用紙に包んで庭の隅に埋めた。

＊

あれが死んで一月がたった。

ある初冬の朝だった。

いつもより早めの朝食を食べ終えて朝刊を広げていた夫が、朝刊の縁ごしに、食卓の後片付けをしている私の方を、何か物言いたげにじっと見ているのに気が付いた。

「なに？」

と訊くと、夫はすぐに朝刊の方に視線を落とし、

「いや、別に」

口の中で呟くように言った。

「似てきたなって思ったもんだから」

「似てきたって、誰に？」

と訊き返すと、夫は、しばらく黙っていたが、「司津子にさ」と答えた。

「そう？　髪形のせいかしら」

私は髪に手をやった。

染めるのをやめて伸ばしはじめた黒髪が今では背中に届くくらいになっていた。

「それより、あなた、早く支度なさらないと。水木さんがそろそろ……」

そう促すと、夫は腕時計をちらっと見やり、「ああ」と呟いて、朝刊を置き、テーブルから腰をあげた。

今日から一週間ほどの予定で北海道に取材旅行に出掛けることになっており、同行する出版社の編集者が車で迎えに来る手筈《てはず》になっていた。

夫が二階にあがってしばらくすると、チャイムが勢いよく鳴った。

玄関に出てみると、今春から担当になったという若い女性編集者がもぎたての桃のような顔をして立っていた。少年のように短くした髪形がとても初々しく似合っている。

これまでにも何度か家に来たことがあり、快活で礼儀正しい物腰が、いかにも育ちの良さそうなお嬢さんという風で、私は好感を持っていた。おそらく夫も……。

旅支度を済ませた夫が片手にボストンバッグをさげ、コートの袖に片方だけ腕を通したような格好で慌ただしく下りてきた。

私は夫たちを見送るために外に出た。

車の助手席に乗り込もうとする夫の方に何げなく目をやって、私はあるものに気が付き、思わず、「あなた」と呼び止めた。

「え？」という顔で振り向いた夫に、私は、「背中に……」と言って、手を伸ばしかけた。夫の白いコートの背中には一筋の長い髪の毛が付着していた。

「背中？」

夫は不審そうに首を巡らせた。

「いえ、なんでもないわ。行ってらっしゃい。気を付けて」

伸ばしかけた手を引っ込めると、運転席でシートベルトを締めていた編集者に向かって声をかけた。

「主人のこと、よろしくお願いします」

編集者は若々しい笑顔を見せて、「はい。お任せください」と答えた。

夫は、そそくさと車に乗り込んだ。

私は、二人を乗せた車が通りの角を曲がるまで、ずっと見送っていた。自分の長い髪を指にからませながら……。

悪夢

「リンショウシンリシ?」

酎ハイで薄赤く染まった顔を私の方に振り向けて、鳥居保《とりいたもつ》は、聞き馴《な》れない言葉を聞いたという風に訊き返した。

あるホテルで行われた高校の同窓会の流れで寄った炉端焼き屋のカウンターだった。たまたま隣り合わせた彼に、「今、何しているの?」と訊かれたので、伯父の経営する精神クリニックで、「臨床心理士」として働いていると答えた途端、そう訊き返してきたのである。

「何じゃそりゃ?」

「臨床心理士とは、人の心の問題や悩みを解決するために臨床的な心理学の技法を用いる専門職である」

「はあ?」

「手っ取り早く言えば、心理カウンセラーってとこね」

私がそう言うと、鳥居は、ようやく納得したような表情になった。

「なんだ。カウンセラーか。それを早く言えよ」

「なんだ、はないでしょ?」

「いや、その、いきなりリンショウシンリシなんて小難しい単語使うから、何じゃそりゃと思ったんだよ」

「でも、これが国家レベルで認められたカウンセラーの正式名称なのよ。一般の認知度はまだ低いみたいだけれど」

私は溜息混じりに言った。

これまでも、「臨床心理士」と名乗った途端、鳥居保のような反応を示す人は珍しくなかったからだ。

医者として営業するには、医師免許というものが必要になってくる。もし、この免許を取らずに勝手に医療行為をすれば、法的に罰せられる。

ところが、日本では、人の「心」を扱うカウンセラーには、このような特別な資格は必要とされておらず、専門的知識もなく何の訓練も受けていないような者でも、カウンセラーと自称して営業できるのである。

そのせいか、カウンセラーには民間資格が乱立しており、中には、怪しげな宗教まがいのものも少なくない。

しかし、大学や大学病院などの医療現場で心理職として、あるいは、文部科学省認定の学校などのスクールカウンセラーとして実際に働けるのは、この「臨床心理士」の資格を持った者だけである、てなことを、やや得意げに話すと、鳥居保は、「へえ」とい

う顔になって、

「それで、そのリンショウなんとかの資格を取るのは難しいの？　国家試験みたいなものがあるわけ？」と訊いてきた。

「まあね……」

　臨床心理士になるには、普通は、所定の大学院で心理学を専攻し、卒業後、定められた年数の心理臨床経験を経て、ようやく試験を受ける資格を得ることができる。

　しかも、たとえ、この試験に合格して資格を得ても、すぐに「臨床心理士」として開業できるわけではなく、ある程度の研修を積まなければならない。おまけに、たとえ資格を得たとしても、一度取れば終身使えるというわけではなく、五年ごとに更新しなければならない……。

「けっこうきついんだなあ。教員みたいに一度資格取ったら、どんなダメ教師でも一生モンてわけじゃないのかよ」

「そりゃそうよ。だって、人の心という目には見えないデリケートで複雑なものを扱うんだもの、このくらい敷居を高くしておかないと、儲《もう》かりそうだからってんで、鳥居君のような能天気でがさつな人間でもホイホイやりかねないじゃない」

「儲かるのか？」

　鳥居は私の皮肉などものともせず、そちらの方が気になるというように訊き返した。

「儲かるというか」

私は苦笑した。

「日本もアメリカ並みに、歯医者に行くような感覚で、カウンセリングが日常的に利用されるようになれば、もっと儲かるんでしょうけどね。今のところは、まだまだ……」

「で、一回のカウンセリング料っていくらよ？」

興味津々という顔。

「一回五十分で、ちょっとしたシティホテルのシングルの一泊料金程度ってとこかな」

「高けぇー」

「そうかな」

「俺だったら、そんな金があったら、それこそ温泉旅館にでも一泊して命の洗濯をするけどな」

「温泉に入って命の洗濯ができるなら、それにこしたことはないでしょうね」

「カウンセリングって、具体的にはどんなことするのよ？　まさか、頭に変なものかぶせて電気流したり、催眠術とかかけて、患者にあることないこと喋らせるんじゃないだろうな？」

「……。様々な心理検査や療法とかも必要に応じてやるけれど、基本的には患者と話をするだけよ。というか、患者の話を根気良く徹底的に聞くだけね」

「話聞くだけで、一回、ン万かよ」

「悩みの程度が軽ければ、話をしただけで症状が改善する場合もあるのよ。時には、脳波取ったりもするけれど、それは、精神科医のする仕事」

「精神科医とカウンセラーって、どう違うんだ？」

「精神科医というのは、医師免許を持ったお医者さんだから、投薬などの医療行為ができるけれど、私たちカウンセラーにはそういうことはできない。たとえば……」

鬱病《うつびょう》と診断された患者の場合、普通は、抗鬱剤などの薬物療法と心理療法（カウンセリング）の両方が試みられる。薬物療法は医師である精神科医にしかできない。

軽度の鬱病ならば、この薬物療法で治ることが多いが、中には薬物投与だけでは一向に症状が改善しない患者もいる。そんなときには、鬱に陥る主原因は患者の脳ではなく、心理面にあると見て、カウンセラーによる様々な心理療法が試みられる。

「……つまり、精神科医とカウンセラーの連携プレーによって、その患者に一番適した治療がなされるというわけ。精神系のクリニックや総合病院の精神科は、おおむね、こういうシステムになっているはずよ。ただ、臨床心理士の資格は、医師免許取得者なら、取得後二年以上の心理臨床経験さえあれば、試験を受けて取ることができるから、精神科医の中には、カウンセラーとしての資格も持っているという人はいるけどね」

「なーるほどねえ。しかし、なんだなぁ。医者になるなら、その精神科医ってのが一番儲かりそうだな」

と彼らしい感想を言った。

「どうして？」

「だって、そうじゃねえかよ。外科医なんか手術させてみれば、一発で、そいつの腕前分かっちゃうじゃねえか。ヤブか名医か。俺の知り合いで外科医がいてよ、そいつが一緒に飲んだときぼやいてたぜ。『医者をみんなインテリの高給取りだと思ったら大間違いだ。フカフカの椅子にふんぞりかえって高給貰えるのは大病院のてっぺんにいるえらいセンセイだけで、俺たち下っ端なんか肉体労働者もいいとこだ。来る日も来る日も、患者の体、切ったり縫ったりさばいたり削ったり組み立てたりで、大工や魚屋とちっとも変わらない』って」

「…………」

「内科医だって手術はするだろうし、最低限、患者に注射くらいするだろ？　そのとき、注射器を持つ手がブルブル震えていたら、そんな医者に二度とかかるか？　小児科はこれからどんどん少子化で、ヤブか名医か問う以前に客がいなくなるだろうし、産婦人科も、女が昔より子供を産みにくくなったから、確実に儲からないだろうし、そう考えると、精神科医っていいよな。将来性がある上に、肉体労働を極力しなくてよさそうだし。手術はもちろん注射一本打たなくてもいいんだろ？」

「薬の副作用を調べる血液検査などで注射くらい打つわよ」

「せいぜい注射くらいだろ。注射なんかヤク中のチンピラにだってできらぁ。あとは行儀よく座ってお話ししたり、薬の処方するだけじゃねえか。信者の懺悔《ざんげ》聞いてやってる神父様みたいによ。しかも、ナントカ依存とかカントカ症候群とか、次から次へと新しい病名作り出しては、何でもかんでも精神だとか心の病気ってことにしちまえば、病気じゃない奴なんてこの世から一人もいなくなっちまって、子供から老人までもれなくお客様。赤ん坊が母親のオッパイ吸いたがるのはオッパイ依存で、わが子にオッパイ吸われてうっとりしてる母親はオッパイ共依存で、ババアが皺《しわ》取《と》りにやっきになるのも、ジジイが入れ歯はずせないのも、ハゲがかつらを手放せないのも偽装症候群で……」

「ちょっと、鳥居君」

「病気が治らなくても、外科や内科みたいに医者の見立てや腕のせいにされなくて済むしな。そもそも誤診かどうかすら素人には分からないじゃねえか。ナンチャラ病って診断されてしばらく治療したが治らないんで、あのセンセイ、ぜんぜん良くならないんですがってオソルオソル相談したら、ウム、ひょっとしたらナンチャラ病に似た別の病気かもしれないって、再検査して、お、これはナンチャラ病ではなくてスチャラカ病だったてんで、また一から新しい治療はじめられたら、その間のバカ高い治療費と薬代を一体誰が払うんだよ。誤診だったんじゃないのかって患者に問い詰められそうになったら、まだ新しいジャンルだから、解明されてないことも沢山あるんだとかなんとか言って逃げられるし。いやあ、考えれば考えるほど、こりゃ、いい商売だ。生まれ変われたら俺も精神科医になりてぇ」

「…………」

「冗談だよ、冗談。そんな怖い顔すんなよ」

「冗談にもほどがあるわよ」

「ま、ようするに、こういうわけか。十五年ぶりで再会してみれば、おさげの似合う可愛かった少女は、リンショウなんとかという有意義な仕事をバリバリこなして、三十過ぎても結婚なんか目じゃないわとうそぶく鼻息荒いたくましい女性に成長していた、と。いやぁ、けっこう毛だらけ猫灰だらけ俺のまわりはインテリだらけ。これからも女性の地位向上のために大いに頑張ってくれたまえ。てなわけで、そろそろ、河岸《かし》変えないか」

さんざん茶化したあげくに、人をいかず後家扱いして勝手に話をしめくくると、鳥居は、「次はカラオケ行こうぜ」と言い出した。

「私はこのへんで……」

鳥居の言い方に少々むかっぱらもたっていたので、私は、傍らに置いたバッグを取り上げ、腰を浮かしかけた。

「芳川《よしかわ》さん」

と、そのとき、呼び止める声がした。見ると、鳥居の向こう側に座っていた内藤光史《ないとうこうじ》だった。鳥居と私が話している間中、口を挟まず、一人でビールを飲んでいたが、私たちの話にじっと耳をすませているような気配はそれとなく感じていた。

「名刺、くれないかな」

内藤はややためらいがちに言った。

「名刺？　あ、いいけど」

私はバッグから名刺を出して渡した。

「水道橋か。通えない距離じゃないな……」

内藤は名刺を見ながら、独り言のように呟いた。

「内藤君……あなた、どこか？」

そう言いかけると、内藤はぎこちなく笑って、

「俺じゃない。妻だよ。実を言うと、最近、妻の様子がちょっとおかしいんだ……」と言った。

「おかしいって？」

そういえば、彼は昨年結婚したばかりの新婚ほやほやだそうで、同窓会の席でも、それをネタに、かつての悪友たちにからかわれていたようだった。

「マタニティ・ブルーっていうのかな。妊娠してから妙なことを口走るようになったん

だよ」

　聞けば、内藤の妻は、妊娠六カ月めに入ったところだという。いわゆるマタニティ・ブルーというのは、おもに、ホルモンの急激な変化による産後の鬱状態を言うが、妊娠中の鬱状態を含める場合もある。

「妙なことって、たとえば？」

「子供産みたくない、産むのが怖いって言い出したんだよ。どうも軽いノイローゼにかかっているみたいなんだ」

「どうして、産みたくないの？　育児に自信が持てないとか？」

　育児ノイローゼの主婦や、こうした妊娠中の不安や鬱状態を訴える妊婦も、クライアントとして扱ったことがあった。

「そうじゃなくて……」

　鳥居は言いにくそうに口ごもった。

「子供を産んでも、どうせ自分が殺してしまうからって」

「えっ？」

　私は一瞬耳を疑った。自分が殺してしまう？

「どういうこと？」

「俺にもよく分からない。お腹の子が検査で男だと分かってから、妻はしきりにそう言うようになったんだ。そんな夢を見たとか」

「夢？」

「三歳くらいの男の子を自分の手で絞め殺して、埋葬している悪夢を繰り返し見るっていうんだよ。妻は、あれは予知夢に違いないと言うんだ……」

＊

内藤光史の妻、恵利子《えりこ》が、私の勤務するクリニックを訪れたのは、あの同窓会があった日から一週間以上たった頃だった。

ここへ来るまでに随分迷ったらしいのが、ドアを開けてカウンセリングルームに入ってきたときの、そのおどおどした様子からも見てとれた。

年齢は二十八歳。事務関係のＯＬをしていたらしいが、結婚と同時に勤めはやめ、今は、夫と二人でマンション暮らしをしているという。

小柄で童顔のせいか、年齢よりも幼く見えた。ウエストのゆったりとしたワンピースでそれとなく隠してはいるが、腹部はやや膨らみが目立つ。

「……それで、その繰り返し見るという奇妙な夢について詳しく話してください」

彼女のプロフィールをざっと把握してから、私はその夢の話に触れた。

「男の子が……三歳か四歳くらいの幼い男の子が薄暗い部屋の中で一人で遊んでいるん

です。私の方に背中を向けて」

内藤恵利子は、思い出すように目を宙に据えて話しはじめた。膝《ひざ》に置いた手が緊張のためか微かに震えていた。

「積み木か何かをしています。私はその子に近付いていきます。私の気配に気付いたのか、その子は、こちらを振り向いて、笑いながら、私を『ママ』と呼びます。私は、その笑顔を向けている男の子に近付くと、両手をその子の首にかけて、少しずつ、手に力をこめていくのです……」

恵利子はそう言って、自分の両手を不思議そうに見つめた。

「子供の細い首を絞める感覚が、目が覚めたあとも、はっきりとこの手に残っているんです。私の手の中で、最初は笑顔を浮かべていた子供がだんだん苦しそうになっていく、その顔もはっきりと思い浮かべることができます……」

その子供の顔が今も目に浮かぶというように、恵利子の顔も歪んだ。

「そして、そのあと、私はシャベルのようなもので一生懸命穴を掘っているんです。庭みたいなところです。青や紫の紫陽花《あじさい》が群がって咲いています。私の足元には真っ白な顔をした男の子が横たわっていて……」

そこまで話すと、恵利子は両手で顔を覆った。

「私は自分の子を殺して、庭に埋葬しようとしているんです。こんな夢を繰り返し繰り返し見るんです。同じ夢を何度も何度も」

「その夢は妊娠が分かってから見るようになったのですか？」

そう訊くと、彼女は顔から両手をはずし、激しくかぶりを振った。

「いいえ、違います。最初に見たのは、あれは確か、中学……そう中学一年のときです」

「中学生のときから？」

そんな昔からなのか。

「あの夢を最初に見たのは、初潮を迎えた日の夜でした。その日はお赤飯をたいてもらって、母から、『これで、あなたもお母さんになる準備ができたのよ』と言われたのを覚えています。

あれから何度も繰り返し見るんです。全く同じ夢を。この前の検査で、お腹の子が男だと知って、ようやくあの夢の意味が分かりました。あれは予知夢だったんです。男の子を産んだら、その子が三歳か四歳になったときに、あの夢のようなやり方で、自分の手で殺してしまうという……。

きっとそうです。だから、この子を産んではいけないんです。母親の手で殺されるくらいなら、この子はいっそ生まれて来ない方がいいんだ。その方が幸せなんだ」

恵利子は、突然、錯乱したように口走った。

「ねえ、内藤さん」

私は彼女の興奮がおさまるのを待って、穏やかに話しかけた。

「夢というのは過去の記憶なんです。脳の中に眠っている記憶の断片が様々に変形し、組み合わされて、夢を形造るんですよ。だから、夢が過去を語ることはあっても、未来を語ることはありません。つまり、予知夢なんてものはありえないんです。たとえば……」

彼女をリラックスさせるために、私自身が最近見た夢の話をした。それは、大学の教室のような広い部屋で、厳格で有名だった教授の講義を聴きながら、コップ酒をあおり、おでんを食べているという変な夢だった。

「なぜ、こんな奇妙な夢を見たかというと、この夢を見た日に、私は、大学時代の友人と一緒におでん屋の屋台に寄ったからなんです。屋台のベンチ状の椅子と、当時の大学の教室のベンチ状の椅子とは座り心地が似てたんです。それで、おそらく、私の脳の中に眠っていた学生時代の記憶の断片が、このベンチの座り心地と大学時代の友人という二つの刺激によって呼び覚まされ、脳の中で結び付いてしまったんでしょうね。それで、大学の教室のようなところで、ノートを広げるかわりに、コップ酒をあおり、おでんを食べるなんて、実際にやったら、教授から『出て行け』とどなられそうな不謹慎な夢を見たのだと思います。

つまり、どんなに荒唐《こうとう》無稽《むけい》、支離滅裂に見えても、夢というのは、過去に自分が実際に体験した事柄が複雑に絡み合ってできた複合物だということです。ですから、あなたのその夢も予知夢などではなく、あなた自身の遠い過去の体験の記憶からきているものだと思うのですが」

「でも、私は子供の首を絞めて殺したことなんてありません。それとも、私がそんな大それたことをして、それをきれいさっぱり忘れてしまったとでもいうんですか」

内藤恵利子は語気を荒らげて言った。

「あ、いえ、この体験というのは、必ずしも自分で実際に手を下したことだけではないんです。テレビドラマを観たり、映画を観たりというのも体験のうちにはいります。最近ではコンピュータゲームなどもそうです。一種の疑似体験ですが」

「つまり、私が、過去に、小さな子供が殺されて埋葬されるような場面のあるドラマなり映画なりを観ていて、その記憶が夢になって現れたというんですか？」

「その可能性が高いですね」

「そんなはずはありません」

恵利子はきっとした口調で言い放った。

「あれがドラマとか映画の記憶であるはずがありません。なぜなら……」

内藤恵利子はそこまで強い口調で言うと、ためらうように黙っていたが、ようやく決心がついたというように、こう言った。

「夢に出てくる子供の顔は弟にそっくりだったからです」

＊

「弟さん？」

そう訊くと、内藤恵利子はこくんと頷いた。彼女には、三歳年下の弟がおり、夢に出てくる幼児の顔は、この弟の幼顔にそっくりなのだという。

「だから、あれがドラマとか映画の記憶であるはずがありません。あの夢の中の男の子は、私がこれから産む子供なんです。今、ここにいる……」

そう言って、彼女は自分の腹部を片手で押さえた。

「その子の顔が弟に似ているのは当然です。血がつながっているんですから……」

恵利子は頑として言い張った。

ドラマや映画などの映像から受けた記憶の断片が、弟に関する記憶の断片と結び付いてこのような夢を構成したという可能性も考えられたが、私はあえて反論はしなかった。彼女と議論するのが目的ではない。このような場合、患者との議論は極力避けなければならなかった。

話題を変えるつもりで、私は、彼女の育った家庭について訊いてみた。こんな夢を中学のときから見ていたとすれば、夢を見させる要因は、彼女の中学以前の家庭環境に潜んでいると思われたからである。とりわけ、三歳違いだという弟との関係に。

恵利子の話はこうだった。

旧姓は、河本《かわもと》と言い、家族は父母と弟の四人暮らしだった。河本家は、多摩地区のH市内にあり、古くは、このあたり一帯の庄屋などを務めた家柄だそうで、土地持ちの旧家のようだった。

父親は、彼女が短大在学中に亡くなり、母親も半年ほど前に病死して、今現在は、弟夫婦がこの古い家で暮らしているという。

「子供の頃、弟さんとの仲はどうでした？」

そう訊くと、恵利子は、思い出すまでもないというように、即座に、「とても良かった。近所でも評判になるほど仲の良い姉弟だった」と答えたが、ふいに表情が曇って、「でも、最近はちょっと……」と言いかけた。

「最近はちょっと何ですか？　何かトラブルでも？」

さらに訊くと、恵利子はしばらく黙っていたが、ようやく重い口を開いて、母親が病死したとき、遺産相続の件で、弟との間でややトラブルめいたことがあったのだと告白した。それ以来、弟との仲がぎくしゃくしているのだという。

「ただ、あれは、憲二《けんじ》がというより、憲二のお嫁さんが、病気がちだった姑《しゅうとめ》と同居して面倒を見たのは自分たちなのだから、法定相続分よりももっと貰う権利があるのではないかと言い出して……」

　恵利子は口ごもりながらそう言った。憲二というのが弟の名前のようだった。恵利子の話では、学生結婚で結ばれた弟の妻というのがなかなか気の強い人で、遺産相続のときに、この義妹が何かと弟を陰でたきつけたらしいというのである。

　まあ、よく聞く話ではある。

「でも、結局、その件は、弁護士さんになかに入って貰って、お互いよく話し合って決着がつきましたけれど……」

　恵利子はそう付け足した。

「ところで、ご実家の庭には紫陽花が植えられていましたか？」

　ふと思いついて、そう訊いてみると、彼女は、一瞬、「え？」という顔をしたが、すぐに頷いて、「うちには広い庭があって、ところどころに紫陽花が植えられていた」と答えた。

「夢の中で、男の子の遺体を埋めようと、穴を掘っている庭らしきところに、青や紫の紫陽花が咲いていたと言いましたよね？　もしかして、その庭というのは、ご実家の庭だったのではないでしょうか？」

　そう言ってみると、恵利子は、はっとしたような顔つきになり、「そう言われてみれば、そうかもしれない。夢の中の男の子が遊んでいる部屋も、薄暗くて古い家のような感じがした。あれは実家だったかもしれない……」と答えた。

「だとすると、ちょっと変じゃないかしら。あなたが今住んでいるのは分譲マンションだという話でしたよね？」

「え、ええ」

「ということは、お子さんを産んだあとで、マンションを出て、実家の方で暮らすようになる可能性は低いですよね？」

「そんな予定はありません。あの家には弟夫婦が住んでいますし、同居する気はありません」

「もし、あなたが見たのが予知夢だとしたら、あなたは、生まれたお子さんを、わざわざ実家に戻って殺し、しかも、実家の庭にその遺体を埋めたことになりますよ？　弟さん夫婦が住んでいるという家でそんなことができると思います？」

やり込める気はさらさらなかったが、そう言うと、内藤恵利子は、何やら考え込むような表情になって、「それもそうですね……」と呟いて黙ってしまった。

今回はここで時間ぎれになってしまった。来週もう一度来て貰う約束をして、内藤恵利子は帰って行った。

カルテを読み返しながら、奇妙な症状ではあるが、それほど難しいケースではないような気がしていた。彼女が子供を産みたくないと思っている要因は、どうやら、子供の頃から繰り返し見るという悪夢だけにあるように思えた。

共通の友人の紹介で知り合い、半ば見合い恋愛のような形で結ばれたという内藤光史との夫婦仲もけっして悪くはないようだし、彼女自身、とりわけ子供嫌いの性格というわけでもないようだから、他に原因があるとは思えなかった。

ようは、あの夢が予知夢などではなく、過去に体験した事柄の記憶が変形し、組み合わされて、あんな夢になったにすぎないのだと彼女に納得させればいいのだ。そうすれば、奇妙な不安感もなくなって、安心して子供を産もうという気になるだろう。

最初のカウンセリングで、それは僅かなりとも成功したのではないかという感触を得ていた。

＊

翌週の同じ曜日の同じ時刻、内藤恵利子は再びクリニックにやってきた。二度めというせいもあってか、微かに笑顔も見せるようになり、最初のときほどの緊張感は見られなかった。

二度めのカウンセリングでは、私は、主に、彼女の弟に焦点を絞って、訊き出すことにした。

あの奇妙な悪夢を分析するキーワードは、憲二という弟にある。子供の頃の彼女と弟の関係、彼女が三歳下の弟に抱いていた感情にこそ、あのような悪夢を見る要因が潜んでいる。そんな気がしていたからである。

そこで、弟に関する思い出を、どんどん時間を逆行して、思い出してもらうことにした。弟との思い出話をするときの内藤恵利子は、リラックスして楽しげに見えた。

とりわけ、小学校五年の夏休みに、新潟にある母方の祖父母の家に弟と二人きりで旅行したときのことは、まるで昨日の出来事のようにおぼえていると言って、実に詳細に楽しげに語った。

「乗る電車を間違えたり、途中で弟が疲れたと駄々をこねて道端に座り込んだりして大変だった」と笑みを浮かべて話した。

そこには、面倒見の良い、弟思いの優しい姉の顔があった。

「弟さんが生まれると分かったとき、どんな気持ちがしました？」

彼女の思い出話が一段落してから、そんな質問をしてみた。すると、それまで微笑んでいた彼女の顔が僅かに、ほんの僅かにだが、引きつったような気がした。

「嬉しかった……とても嬉しかったのを覚えています」

恵利子はややあって、口元に微笑を取り戻し、そう言った。

それまでは一人っ子で、近所に同じ年頃の遊び友達もおらず、人形を相手に家で一人で遊ぶことが多かった。だから、ある日、母から、「弟か妹ができる」と聞いて、凄く嬉しかったと恵利子は語った。

「一人っ子といっても、本当は、兄がいたらしいんですけれど……」

思い出したように彼女は付け加えた。

「いたらしいとは……？」

彼女の曖昧な口調が気になって、私はさらに訊いてみた。弟の名前が憲二だと聞いたとき、おやという思いがあった。男の子の名前に「二」とか「次」をつけるのは次男である場合が多いからだ。

「それが……兄の話はうちではタブーになっていて、両親から直接聞いたわけではないのですが、近所の人の話では、兄は小さい頃に、『神隠し』にあったとか……」

「神隠し？」

「ええ。誘拐されたらしいんです。三歳くらいのときに、母が買い物に出掛けた留守に……」

恵利子が近所の人から聞いたという話はこうだった。恵利子の上には、憲一《けんいち》という名の男児がいたのだが、母親が買い物から帰ってみると、昼寝用に使っていたタオルケットだけを残して、子供部屋から忽然《こつぜん》と姿を消していたのだという。

「近くにちょっと買い物に行くだけのつもりで、母は、玄関の鍵もかけずに外出したらしいんです。しかも、夏だったので、家中の窓は全部開け放してあったといいます。兄は……その……生まれつき脳に障害があって、一人では歩けなかったそうですから、おそらく、母が外出したあとで、何者かが家の中に入ってきて、寝ていた兄を連れ去ったのだと思います。ただ、その後、身代金を要求するような電話はかかってこなかったといいますから、営利目的の誘拐ではなかったようなのですが……」

数日後に、不審な無言電話が自宅に数回かかってきただけで、それきり、憲一は戻ってこなかったのだという。

「いまだに、兄は行方不明のままなんです。一体誰に連れ去られたのか、生きているのか死んでいるのかさえも分からず。ただ、あれから三十年近くがたっているので、おそらく、もう……」

「その事件が起きたとき、あなたは……?」

「私はまだ生まれていませんでした。母のお腹の中にいたそうです。当時、母は妊娠八カ月くらいだったそうです。だから……」

恵利子は、ためらいがちに言った。

「弟の誕生を誰よりも喜んだのは母だったと思います。母はずっと、兄のことで自分を責めていたそうですから。もし、あのとき、家の戸締まりをきちんとして出掛けていたら、兄は誘拐されなかった。自分の不注意が原因だと。母にとって、弟は、いなくなった兄の生まれ変わりのように思えたのかもしれません。それで、あんなに溺愛したんです。兄の分まで」

そう語る恵利子の口元には、もはや、弟のことを語っていたときの楽しげな微笑は影すらも見えなかった。

＊

三回めのカウンセリングの日が来た。

内藤恵利子は前の二回のときのように、約束の時間に一分たりとも遅れることなくやってきた。かなり責任感が強く、几帳面《きちょうめん》な性格のようだった。下に弟か妹のいる長子《ちょうし》には、このようなタイプが少なくない。

今回も、弟との思い出について話させるつもりだった。ただ、前回よりも、もっと突っ込んだことを訊き出そうと思っていた。彼女は、今のところ、弟との「楽しい」思い出しか語っていない。

しかし、きょうだいであれば、時には喧嘩もしただろうし、相手に対して対抗心や嫉《しっ》妬心《としん》のようなものを抱くこともあっただろう。いつも仲良しという方が不自然である。

しかも、前回の話からすると、彼女の母親は、自分の不注意から誘拐されてしまった（らしい）長男への贖罪《しょくざい》の念からか、次男を溺愛していた節がある。とすれば、母親に溺愛される弟に対して、彼女が嫉妬心のようなものを感じたとしても不思議ではない。

今回はそういった「厭な」思い出をも訊き出すつもりだった。おそらく、彼女自身が忘れてしまっている、というか、あえて忘れようとしている、その「厭な」思い出の中にこそ、あのような悪夢を大人になっても見させる要因が潜んでいるように思えてならなかった。

二回のカウンセリングで、内藤恵利子がなぜ、弟に似た幼児を絞め殺して埋葬するなどという恐ろしい夢を繰り返し見るのか、私なりにほぼ見当がつきはじめていた。

ただ、それを彼女に語って聞かせても意味はない。彼女自身が、なぜあのような悪夢を見るのか、自らの意志で探り出し、その要因を積極的に認めない限り、悪夢はこれからも見続けるだろうし、悪夢がもたらす不安感や恐怖感から逃れることはできないだろう。

「弟さんは、あなたから見て、どんな性格の子供でしたか?」

まずそう訊いてみた。すると、恵利子は、苦笑しながら、「弟の性格をいうならば、内弁慶《うちべんけい》の一言につきる。それは大人になってもあまり変わらない」と答えた。

「内弁慶……つまり、うちではいばっていても、外に出ると別人のように気弱になる子供だったんですね?」

「ええ。両親、とくに母が弟を甘やかして育てたので、そんな風になってしまったんです。小学校の頃は、うちの中では、怖い者なしの小さな暴君でしたが、いったん外に出ると、私のスカートの陰に隠れてびくびくしているような子でした。今はお嫁さんのスカートの陰に隠れるようになりましたけれど」

「うちでは小さな暴君だったんですか？」

「そうです。うちでは、何をしても誰も叱る者はいませんから、やりたい放題でした」

「何か、弟さんに厭なことをされた記憶はありませんか？　たとえば、大事にしていた物を壊されたとか」

そう訊くと、恵利子は肩を竦《すく》めた。

「そんなのはしょっちゅうでした。大切にしていた人形の髪を鋏でずたずたに切られたり、ままごとの道具を壊されたり、いつだったか、夏休みの宿題でつけていた朝顔の観察日記のノートを真っ赤なクレヨンでぐちゃぐちゃに落書きされたこともありました」

「そんなとき、弟さんを憎らしいと思いませんでしたか？」

「それは……少しは。でも、弟も悪気があってやったわけではないし、幼くて善悪の区別も分からずにしたことですから。母に訴えても、もっと大きくなれば自然にやらなくなるから、あなたの方が我慢しなさいと言われていたし。それに、つい腹をたてて、弟を叩いたりすると、弟はすぐそれを母に告げ口して、後で私の方がひどく叱られたりしたので、自然と我慢するようになっていったんです。だから、たいていのことは我慢しました。ただ……」

恵利子は、ふいに何かを思い出したように、膝のあたりに落としていた視線を宙に据えた。

「一度だけ、たった一度だけ、弟の行為がどうしても許せないと思ったことがあります。あれだけは、いくら我慢しようと思っても、腹がたって、悲しくて、涙が止まらなくて。あのときばかりは、弟なんか生まれて来なければよかったのにと思ったくらいです」

「何があったんですか？」

私は、内藤恵利子が何か非常に重要なことを思い出したのではないかという予感がして、先を促した。

「あれは……私が小学校三年か四年のときだったと思います。家の物置で、両親には内緒にして、こっそり飼っていた野良猫の子を弟が殺してしまったんです」

＊

「殺した？」

私が訊き返すと、恵利子は幾分慌てたように言い直した。

「あ、いえ、殺したといっても、殺すつもりで殺したわけではなく、一種の事故だったようなんです。物置の中で子猫を見つけた弟が、子猫を抱こうとしたら、猫が逃げようとしたというのです。それで、弟は、逃げないように、子猫の首を両手で持って、ぎゅっと力を入れて抱いたようなんです。そうしたら、結果的に子猫の首を絞めてしまって。

まだ、ほんの生まれたばかりの毛糸玉ほどの子猫でしたから……」

「それで、そのあと、どうしたんですか？　死んだ子猫は？」

「こっそり、庭の隅に穴を掘って埋めてあげました」

「埋葬してあげたんですね？」

「え？　ええ」

「それはいつ頃でしたか？　冬？　夏？」

「あれは……夏……。そうです。夏です。六月か七月の初め頃だったと思います。そういえば」

ようやく恵利子の顔にも何かに思い当たったような色が浮かんだ。

「庭に紫陽花が咲いていました」

弟。扼殺。埋葬。紫陽花。

これだ。たぶん、間違いない。まさに、あの悪夢を形作る要因が、すべてこの記憶の中には揃っていた。おそらく、この記憶の断片が繋《つな》がって、彼女にあのような悪夢を見させていたのだろう。私はそう確信した。

「それで、弟さんが子猫を殺してしまったという話を、ご両親にしましたか？」

私はさらに訊いた。すると、内藤恵利子は横に頭を振った。

「いいえ。誰にも言いませんでした。子猫を拾ってきたとき、母に飼ってもいいかと訊いたのですが、駄目だと言われて、猫は捨てたことにしてあったからです。それで、母にはもちろん、父にも言えませんでした。弟がしたことを話せば、子猫を捨てずにこっそり飼っていた私の方が悪いと逆に叱られると思ったから。だから、私は……。まさか、これが……あの夢に？」

私は頷いた。

「たぶん、そのときの体験が、悪夢の母胎になっているのだと思います。あなたが夢の中で見た幼児は、弟さんに似たあなたのお子さんではなく、弟さんそのものだったんです」

「でも、実際に絞め殺されたのは子猫だったんですよ？　私が埋葬したのは猫の遺体だったんです。それなのに、夢の中では、私が弟を絞め殺して埋葬したことになっているなんて。逆じゃありませんか」

恵利子はまだ納得できないというように言い張った。

「実際に起きたことが記憶通りに夢になるとは限りません。むしろ、何度も言ったように、夢というのは、記憶の断片が変形し組み合わさったものである場合が多いんです。実際に起きたこととは全く逆のことが夢となって現れることもありえます。

かわいがっていた子猫を弟さんに殺されて、あなたは一瞬にせよ、弟さんに対して強い憎悪の感情を抱いた。子猫がされたことを弟さんにもしてやりたいと思ったのかもしれません。でも、あなたは、そうした感情を誰にも語らず、自分の中に抑圧してしまった。ただ、抑圧したからといって、そうした感情がなくなったわけではない。あなたの脳の中に記憶としてしっかりと刻み込まれていたのです。そうした感情や記憶が時を経て、弟さんを殺して埋葬するという、あのような悪夢に形造られたと考えられます」

「で、でも、もし、あれが弟だったとしたら、なぜ、私を『ママ』と呼んだのでしょうか？　弟はいつも私を『お姉ちゃん』と呼んでいたのに……」

恵利子はなおもそう食い下がった。

「野良の子猫を拾ったとき、どんな気持ちがしました？」

私はそう訊いてみた。

「どんな気持ちって……」

恵利子はとまどいながらもこう答えた。

「それは……とても可愛いという気持ち……あまりに小さくて弱々しかったので守ってあげたいというような……」

「母親のような気持ち？」

「そうです。そんな気持ちです」

恵利子は何度も頷いた。

「あなたは、生まれたての子猫に母親のような愛情を抱いたのですね。つまり、子猫の存在は、あなたの中に眠っていた幼い母性本能を呼び覚ましたというわけですね。そう考えると、悪夢を最初に見たのが、中学一年の、初潮を迎えた夜だったというのも偶然ではないと思います。

その夜、お赤飯をたいてもらって、うちの人から、『これで、あなたもお母さんになる準備ができたのよ』と言われたのが刺激となって、あなたの脳の中で眠っていた、かつて母親のような気持ちを抱いた子猫の死にまつわる遠い記憶が呼び覚まされたのではないかと思います。

それで、夢の中では、子猫の身代わりともいえる弟さんは、あなたの『弟』としてではなく、『子供』として認識されてしまったのです。あるいは、もう一つ、考えられるのは……」

私は続けて言った。

「さきほど、弟さんにままごとの道具を壊されたと言ってましたが、弟さんとままごとなどをして遊ぶことがあったんですか？」

そう訊くと、恵利子は、

「天気の良い日は外で遊ぶことが多かったけど、雨の日や、弟が風邪をひいてうちにこもっていたときなど、ままごとをして遊ぶこともあった」

と答えた。

「ままごとというのは、年長の子供が年下の子供を自分の『子供』に見立てて遊ぶことが多いですよね？　たとえば、女の子ならお母さん役を、男の子ならお父さん役をというように」

そう言いかけると、最後まで言わないうちに、彼女の方から勢い込んで言った。

「そうです。ままごとのときは、私がいつもお母さん役をやっていました」

「つまり、現実には、あなたは弟さんの『姉』でありながら、ままごと、つまり、仮想世界では、『お母さん』になっていたというわけですね？　ままごとのときは、弟さんは、あなたを『ママ』と呼ぶこともあったのではないですか？」

「…………」

恵利子は何も答えなかったが、その顔には、ようやく合点がいった、胸のうちに長いことわだかまっていたものが奇麗に氷解したとでもいうような表情が浮かんでいた。

「あれは……あの夢の中の子供は弟だったんですね」

彼女は囁くような声で言った。

「そう思います。あなたが見たのは予知夢でも何でもなかったんです。子猫と弟さんにまつわる昔の記憶が、奇妙に組み合わさって、あのような夢を形造っただけだったんです。そして、あなたが最近になって、またあの悪夢を頻繁に見るようになったのも、現実に母親になったことで、夢のキーワードの一つである『お母さん』の記憶が呼び覚まされたことと、遺産相続を巡っての弟さんとのトラブルから、子供の頃、弟さんに密かに抱いた憎悪の感情が呼び覚まされたせいかもしれません」

「それじゃ、私は……」

それまで生気のなかった恵利子の目には、希望を取り戻したような輝きが宿っていた。

「この子を産んでもいいんですね？」

「もちろんです」

私は微笑みながら、きっぱりと答えた。

＊

クリニックを出た私の足どりは、スキップでも踏みかねないほど浮き浮きしていた。子供の頃からずっと背負い続けていた重い荷物をようやくおろすことができた。そんな晴れ晴れとした気分だった。

夫から、高校時代の同級生だといって、あの芳川という女性カウンセラーの名刺を渡されたときは、正直言って、ちょっとショックだった。

精神病扱いされたような気がしたからだ。

名刺に刷り込まれた「精神クリニック」の「精神」という文字が目に突き刺さるような感じがした。

それでも、悩みに悩んだ末、思い切って訪ねてよかった。もし、あのカウンセラーと話をしなければ、子猫の件は一生思い出さなかったかもしれない。

それにしても、どうして、あの子猫の件を忘れていたのだろう。カウンセラーの話では、人は、特に子供は、自分にとって、何らかの苦痛を伴う厭な体験は無意識のうちに忘れてしまおうとするものなのだという。

楽しかったことは、思い出す行為自体が楽しいため、何度も反芻《はんすう》するので記憶が定着しがちだが、厭な体験は、思い出す行為すら苦痛なので、なるべく思い出さないようにするために、記憶が定着しないのだというようなことを言っていた。

私の場合もそうだったのだろうか。

ただ……。

悪夢の正体が分かって、ほっとしたものの、私の心は完全に晴れたわけではなかった。ほんのひとかけらほどの群雲《むらくも》が残っていた。

それは、あのカウンセラーに話したことが全部事実ではなかったからだ。少し嘘をついてしまった。実を言うと、子猫にまつわる思い出は、カウンセラーにした話とは僅かに異なっている。

弟の話をしていたときに、あの猫のことをふいに思い出した。だが、どうしても、思い出した通りのことをそのまま話せなかった。少し嘘をまじえて話してしまった。

その嘘というのは……。

あのとき、子猫を扼殺したのは、弟ではなくて、本当は私だったのだ。弟は、ただ、物置の中で鳴いていた子猫を発見して、それを母に告げ口しただけだった。捨ててこいと命じた子猫を私がこっそり飼っていたのを知った母は怒って、「今度こそ捨ててきなさい」と厳しい口調で私を叱った。

物置に入った私は、こんな小さな、目もよく開いていないような子猫が、ひとりぼっちで、この先、どうやって生きていくのだろうと考えたら、可哀想で涙が出てきた。きっと、すぐに飢え死にしてしまうだろう。雨や風にさらされて病気になってしまうかもしれない。苦しみながら死んでしまうのだろう。そう思うと、可哀想で涙が止まらなかった。私は、思わず子猫をぎゅっと胸に抱き締めた。

そして……。

気が付いたとき、私の胸の中で、子猫はだらりとしていた。死んでいた。自分では抱いているつもりだったのに、いつのまにか、子猫の首を両手で絞めていたらしい。

憎らしくて殺したのではない。かわいくて、かわいそうで……。夢中で抱き締めているうちに、結果的に窒息死させてしまったらしい。

でも、これはささいなことだ。子猫を殺したのが弟であろうと私であろうと、たいした問題ではない。あのとき、私は子猫の亡骸《なきがら》を庭の隅に埋めながら、弟を密かに恨んでいた。弟が母に告げ口さえしなければ、こんなことにはならなかった。憲二さえいなければ。憲二なんか死んでしまえと思った。だから、あのカウンセラーの言うように、あんな悪夢を見るようになったのだ……。

カウンセラーに話さなかったことは、もう一つある。何度か話そうと思いながら、なぜか、口にすらできなかったことが。

それは、指輪のことだった。

夢の中で幼児の首を絞めている私の右手の中指には、大きな瑪瑙《めのう》の指輪が嵌《は》められていた。この指輪に見覚えがあった。母が若い頃、嵌めていたものだ。今は義妹のものになっている。母が亡くなるとき、義妹に形見として遺したのだ。てっきり、私に遺してくれると思っていたので、あれを義妹にあげたと分かったときは、少し面白くなかった。

あら。

夢の中の女の手は、いつも、あの大きな瑪瑙の指輪をしている……。

考えてみると変だ。そうだ。どうして、今まで気が付かなかったのだろう。私は母からあの指輪を譲り受けていない。一度も指に嵌めたことがない。譲り受けたのは義妹だった。それなのに、夢の中の女は右手にあの指輪をしている。

あれは私ではない？

義妹？

それとも……。

母？

あれは……。

母の手だったのだろうか。母が弟の首を絞めている夢だったのだろうか。まさか。母がそんなことをするはずがない。母は弟を溺愛していた。兄の分まで。

それとも……。

夢の中に出てきた幼児は……。

本当に弟だったのだろうか。弟に似ていた。でも、弟に似ていた子供はもう一人いる。兄だ。生まれつき脳に障害があったという兄。一人では歩くこともできなかったという兄。ある夏の日、「神隠し」にあったように忽然といなくなったという兄。三十年近くも行方の分からない兄……。

頭が混乱してきた。

あのカウンセラーは、夢は記憶だと言った。遠い遠い記憶の断片だと……。

兄がいなくなったとき、私は八カ月の胎児だった。母のお腹の中にいた。物置で子猫を泣きながら抱き締めて窒息死させてしまったとき、こんな感情を前にも味わったような変な気持ちがした。かわいくて、かわいそうで。かわいくて、かわいそうで。かわいくて、かわいそうで……。

あれは、一体、誰の記憶だったのだろう。

メイ先生の薔薇

それは五月の終わりの夜だった。

梅雨のはしりを思わせるような、朝からじめじめと降り続く雨のためか、その日は客の入りも悪く、私は暇をもてあましていた。

午後十一時を過ぎても客は来ず、今日は早めに店じまいするかと思いかけていたとき、ようやく扉が開いて、一人の男が入ってきた。

一見《いちげん》の客だった。

歳の頃は三十前後。どことといって特徴のない、勤め帰りのサラリーマンといった風情の小柄な男だったが、私の目を引いたのは、その男が抱えていたものだった。

男は、目の覚めるような純黄色の薔薇《ばら》の大きな花束を胸に抱えていたのだ。

片隅のテーブル席につくと、ウイスキーのソーダ割りを注文した後で、広口の花瓶か、小さなバケツのようなものはないかと言った。

ちょうど使っていないガラスの花瓶があったので、水を入れて持って行くと、男は、黄薔薇の束をそれに移して、テーブルの真ん中に置き、しばらく満足そうに眺めていた。

三十本以上はあると思われる黄薔薇（エバーゴールドと思われる）の束は、まるでそこだけパッと光が差したように、薄暗い店の片隅を眩《まばゆ》いばかりの黄金色で満たした。

「見事な薔薇ですね……」

ソーダ割りを作りながら話しかけると、男は、花束をじっと見つめたまま、「久しぶりに三十九本揃ったんだ。今日はその祝杯さ」と独り言のように呟いた。

久しぶりに三十九本揃った……？

男の呟いた言葉の意味はよく解らなかったが、それ以上の追及はせずに、ソーダ割り作りに専念していると、男はやおらテーブルから立ち上がり、カウンター席までやってくると、

「黄色い薔薇が最初に現れたのはいつだか知ってるかい？」と話しかけてきた。

「さあ」

ソーダ割りのグラスとつまみのピーナッツを差し出しながら、私が首をかしげると、男は、

「十九世紀末なんだよ。薔薇の歴史は紀元前に溯《さかのぼ》ると言われるほど古いらしいけれど、一九〇〇年にフランスのペルネ＝デュシェという男が『ソレイユ・ドール』という黄色い薔薇を作り出すまで、その花色は、赤、白、ピンク、ローズの四色だけで、黄色はなかったんだ。ちなみに、『ソレイユ・ドール』というのは、フランス語で『黄金の太陽』という意味なんだそうだ」

と、暗記してきた内容を話すように淀みなく喋った後で、

「……てなことを昔、僕たちに教えてくれた人の誕生日なんだよ、今日は」と付け加えた。

「ああ、それで、その人への誕生日プレゼントに……？」

私が訊くと、男は、微かに首を横に振って答えた。

「プレゼントというよりも、あれはメイ先生そのものなんだよ」

「メイ先生？　先生だったんですか」

「そう。その人は小学校の先生だったんだ。僕たち……五年三組の三十九人の生徒たちのね」

男はそう言って、カウンターに腰を据えると、ピーナッツをつまみながら、あの三十九本の黄薔薇にまつわる話を語り出した。

＊

……メイ先生の名字はなんて言ったかな、鈴木とか佐藤とか、そういう、わりと平凡なもんだったよ。僕たちは、メイ先生メイ先生って、いつも名前の方で呼んでいたので忘れてしまった。

もう二十年も昔の話だからね。

メイという名前は、五月生まれだからそう付けられたんだそうだ。

歳は……確か、大学を出てすぐに教師になったって言ってたから、二十二、三てとこだったのかな。

見た目はもっと若く見えたけれどね。十七、八歳くらいにしか見えなかったな。いつも真っ白な歯を見せて笑っていたよ。生徒たちの中に交じってはしゃいでいると、先生というより、大きな子供みたいだった。

とても奇麗な人だった。美人教師なんて、漫画か映画の中にしか出てこない代物かと思っていたら、そうじゃなかった。はじめて担任だと紹介されたとき、クラス全員、息をするのも忘れて、教壇にすっくと立った先生を見上げていたもんさ。

その姿はまるで一輪の薔薇のようだった。

一輪の黄色い薔薇……。

そうだな。最初にメイ先生を見たときの印象はまさにそれだったな。先生は黄色を基調にした目の覚めるようなワンピースを着ていた。裾がふわりと広がった花のようだな……。

黄色が好きみたいだった。黄色系の服を着て来ることが多かったし、そうでないときも、スカーフとかヘアバンドとか、いつも必ずどこかに黄色いものを身に着けていたからね。

身長は女としては大柄な方で一メートル七十以上あったみたいだ。脚が長くて、ウエストがきゅっと細くて、凄くスタイルが良かった。

教師というより、ファッションモデルみたいだったな。肌も日本人離れした白さで、腰まであったふさふさとした豊かな髪も目も少し褐色がかっていた。

それも当然で、メイ先生は混血だったんだ。日英のヤーフ、いやハーフだったんだよ。お母さんが英国人だったんだ。黄色があんなに似合ったのも日本人じゃなかったからさ。だって、日本人特有の黄色みを帯びた肌には、ふつう、黄色はあまり似合わないからね。

なんでも、先生のお父さんは外交官か何かで、若い頃、ロンドンに滞在していたことがあって、そのときに、先生のお母さんと知り合ったんだそうだ。

でも、先生が生まれ育ったのは日本だったから、英語は片言しかできないと言っていたな。

そういえば、いつだったか、遠足で動物園に行ったとき、先生の外見から同国人と思ったのか、外国人に英語で話しかけられて、何喋ってるのか解らないって、凄く困っていたことがあったよ。

メイ先生は人気者だった。五年三組の担任になって、すぐに先生は僕たちの偶像《アイドル》になった。

それは飛び切り美人だったってせいもあるけれど、それ以上に、とても性格が良かったからなんだ。いつも明るくのびのびとしていて、女教師にありがちな堅苦しいところなんて微塵《みじん》もなかった。

担当は音楽で、オルガンを弾きながら、高く澄んだ声で歌を歌うのが好きだった。どうしてこんな人が教師なんて地味な職業を選んだんだろうって不思議でしょうがなかった。その気になれば、モデルにだって女優にだってなれると思ったからだ。それで、理由を訊いてみたことがあった。どうして教師になったのってね。そうしたら、子供の頃の話をしてくれた。

ハーフというのでクラスの悪ガキどもに苛められたこと。苛められたといっても、可愛かったからかまわれただけなんだろうけどね。先生を苛めた子たちは内心では先生が好きだったんだろう。そんなとき、いつもかばってくれた先生がいたこと。その先生のお陰で登校拒否にもならず、学校に行き続けられたこと。それで、大きくなったら、その先生みたいな先生になりたいと思うようになったってね。

メイ先生は一見全く教師らしくなくて、友達みたいな気さくな先生だったけれど、だからといって、いつもにこにこ笑っているばかりではなかった。叱るときはちゃんと叱ったよ。生徒の誰かが悪さをしたときとかね。

でも、他の先生みたいに、えこひいきなんて一切しなかった。勉強のできる子もできない子も、スポーツの得意な子もそうでない子も、やんちゃな子もおとなしい子も、みんな、別《わ》け隔《へだ》てなく、同じように公平に接してくれた。

だから、男子だけじゃなくて、女子からもとても好かれていた。五年三組の生徒全員がみんな、一人の例外もなく、メイ先生が大好きだったんだ。

そうそう。公平といえば、こんなことがあったっけ……。

*

あれは、五月三十日……二十年前のちょうど今日だった。

メイ先生は、誕生パーティをやるといって、クラス全員を放課後自宅に招待してくれたんだよ。先生の家というのは、洋画に出てくるような、だだっ広い庭に囲まれた白い立派な洋風の二階家だった。

広い庭は薔薇園になっていて、とりわけ先生が好きだった黄色い薔薇が辺り一面に咲き乱れていた。黄色い薔薇はもともと先生のお母さんが好きだったらしくて、日本に来て、沢山のエバーゴールドの苗を庭に植えたんだそうだ。

先生が黄色好きなのも、赤ん坊のときから、五月になると庭に咲き乱れる眩いばかりの黄金の波を見て育ったせいかもしれないね。

先生のお母さんは薔薇作りの名人だけでなく、ケーキ作りの名人でもあった。庭に出したテーブルに、お母さんが焼いたというバースディケーキが運ばれてきたときには、僕たちは揃って目を丸くした。

それは、大人が二人がかりで運ぶほど巨大なケーキだったからだ。まるでウエディングケーキみたいだった。

みんなでそのケーキの周りに集まって、「ハッピーバースディ」を合唱した後、先生はケーキの上の二十何本かのロウソクの火を一息で吹き消した。

学生時代、声楽をやっていたせいか、けっこう肺活量があったんだね。

そして、真ん中に沢山の苺《いちご》を挟んだ、真っ白な生クリームで覆われた巨大なケーキに、ナイフを入れた。先生自身はダイエット中とかで食べなかったんだけれど、三十九人の教え子たちのために、そのケーキは用意されていたんだ。

メイ先生は、巨大なケーキを、三十九等分に切り分けてくれた。大きな白いケーキは次々と切り分けられていって、一切れずつ教え子たちの手に渡り、やがて、テーブルの上の皿には、切るときに潰れた苺の赤い果汁だけが残されていた……。

僕たちは貰ったケーキの一切れをお互いに較べてみて驚いた。どれも、まるできちんと測ったように大きさが同じだったんだ。誰が大きくて誰が小さいということは全くなかった。

その一切れのケーキは、まさに、先生が三十九人の教え子たちに平等に注いだ愛情の大きさを象徴しているようだった。

メイ先生は、僕たちの太陽だった。先生の愛情は、誰の上にも同じように降り注ぐ太陽の光のようだった。

先生が太陽なら、三十九人の教え子たちは、みな、小さな向日葵《ひまわり》だった。一心に太陽だけを見つめ、太陽の光を浴びることだけを渇望していた。

他のクラスでは、しょっちゅう、弱い者苛めや喧嘩とかあったみたいだけれど、五年三組にはそんなものはなかった。メイ先生が弱い者苛めなんか絶対に許さなかったし、そもそも、争いごとが大嫌いだったからだ。そういうのを見つけると、いつも優しい先生が本気で怒ったよ。みんな、メイ先生が大好きだったから、先生を悲しませたり怒らせたりするのはやめようと誓ったんだ。

それが規則だからとか、尻をひっぱたかれて嫌だからとかいうのではなく、みんな、自然に、心からそう望むようになったんだよ。

五年三組はメイ先生という太陽を中心に、自然に一つにまとまっていった。クラスの団結心が日ごとに強くなっていったんだ。

運動会とか学芸会とか合唱コンクールとか、クラス対抗で何かをするときは、五年三組がいつもぶっちぎりの一番だった。

三十九人の団結心が他のクラスとは桁違《けたちが》いに強かったからね。それに、一人一人がメイ先生に少しでも喜んで貰おうと一生懸命だった。

良いクラスだった。後にも先にもあんな良いクラスはなかった。小学校時代のクラスメートなんて、大人になっても付き合っている人は少ないと思うけど、僕たちは違う。いまだに連絡を取り合って、あの頃の仲間ともよく会うんだ。今日みたいにね。

そして、あの頃をなつかしむ。あんな良いクラスはなかったね。あんな良い時代はなかったねってさ……。

それも全部、メイ先生がいたからだった。

僕たちがメイ先生を愛したように、先生も生徒一人一人、というか、五年三組そのものをとても愛してくれた。そして、ある日、こう約束してくれたんだ。六年になっても、このクラスを引き続き受け持ちたいと。

六年になったらクラス替えがあるはずだったけれど、校長と先生のお父さんが古くからの知り合いで、先生が校長に頼めば我がままを聞いて貰えるかもしれないって言うんだよ。

嬉しかったね。僕たちはみんな、飛び上がって喜んだ。六年になってもこのクラスでいられるなんて。クラスメートと別れなくても済むなんて。何よりも、メイ先生と毎日一緒にいられるなんて。最高だった。想像しただけでわくわくしたよ。

だけど……。

結局、それは叶《かな》わなかったんだけどね。

＊

校長が許してくれなかったのかって？

そうじゃない。

校長は許してくれたみたいだったよ。

五年三組が他のクラスの手本にしたいほど良いクラスだったのは、校長も知っていたみたいだったからね。

問題はメイ先生にあったんだ。メイ先生が突然学校をやめることになったんだ。学校をやめるだけじゃない。日本を離れることになったんだよ。

あれは冬休みが終わって、はじめて登校した日だった。それまでは、夏休みとか冬休みなんかの長期休暇が楽しみで、休みが終わって学校へ行くのが憂鬱でしかたなかったもんだが、あの頃はそうじゃなかった。

早く休みが終わらないかと待ち焦がれていた。長い休みなんかいっそなくてもいいとさえ思っていたな。だって、学校に行ってる時間の方がずっと楽しかったんだ。

凄く長く思えた冬休みがようやく終わって、待ちに待った登校日だった。みんな同じ気持ちだったのが、うきうきした互いの顔を見ただけで解った。

だけど、少し遅れて、教室に入ってきたメイ先生の様子が少し変だった。悲しそうな顔をしていた。いつものあの弾けるような笑顔がなかった。その顔を見た途端、何か嫌な胸騒ぎがした。

「今日は皆さんに悲しいお知らせがあります」

先生が重い口を開くように言ったとき、ざわついていたクラスは水を打ったように静まり返った。

先生はそんな中で、ちょっと恥ずかしそうに打ち明けた。近々、結婚することが決まったと。静まり返っていたクラスはその一言で一斉に沸騰した。わあという歓声と共にノートや下敷きが宙に舞った。

先生に学生時代から付き合っているという恋人がいるのは聞いていた。でも、先生は結婚しても教師はやめないと言っていたから、それは、僕たちにとって、おめでたい報告であって、別に悪い話じゃないと思ったんだ。ところが、困惑したような表情で、その後、先生が続けた言葉は、はしゃいでいたクラス全員を一気にしゅんと黙らせた。

先生はこう言ったんだ。

「結婚しても教師は続けるつもりでいたけれど、ある事情で、それができなくなってしまいました……」と。

なんでも、先生の恋人というのは、先生のお父さんの部下だった人で、やはり外交官で、春から英国の何とかという地に転勤になって、向こうへ行ったら数年は帰って来られないというので、先生にプロポーズしたという話だった。

先生は迷った末に、そのプロポーズを受けた。プロポーズを受けるということは、旦那さんになる人と転任地である英国に先生も一緒に行くということだった。

そして、あちらへ行ったら、少なくとも四、五年は帰って来られない。場合によっては、あちらに永住するはめになるかもしれない。

そうした事情がようやく理解できたとき、クラス中がお通夜のように静まり返ってしまった。やがて、さっきとは違った理由でまた沸騰した。三十九人の嘆きと抗議と怒りの声で。

先生は今にも泣きそうな顔で、「約束破ってごめんなさい」とただただ謝るだけだった。そんな先生の顔を見ていたら、僕たちはもう何も言えなくなってしまった。

それに、冷静になって考えてみれば、それはちっとも不幸な話じゃない。大好きなメイ先生が愛する人と結婚して幸せになるんだから。そのことに気が付いて、みんな、最後は先生を心から祝福したんだよ。

そんな三十九人の教え子たちの気持ちを察してか、先生は、三月のある日、僕たちをもう一度家に招いてくれた。別れ際に、三十九本のエバーゴールドの新苗のポットを生徒一人ずつに手渡した。「これをわたしと思って育てて」と言って。

僕たちは先生の言葉通りにした。先生から貰った薔薇の苗をそれぞれ家に持ち帰ると、庭やベランダに植えたんだ。そして、五月になって、薔薇の花が咲いたら、それを一輪ずつ持ち寄って、僕たちだけで、メイ先生の誕生会をしようと約束した。

六年になってクラス替えがあって、みんな、ばらばらになってしまったけれど、僕たちは互いに連絡を取り合って、その約束を実行した。校長に頼んで、五月三十日の放課後、五年三組の教室を借り切ってね。

そのとき、僕たちが持ち寄った三十九本の薔薇は、肥料がよかったせいか、どれも大輪の花を咲かせていたよ。

教壇の上に広口の花瓶を置いて、一人ずつ持ってきた薔薇をそれに挿した。三十九本の薔薇が揃ったところで、それをメイ先生に見立てて、「ハッピーバースディ」をみんなで歌い、最後は、薔薇を花束にして、出席番号順に一人が持ち帰ることに決めたんだ。そんな「儀式」が翌年もその翌年も行われて、それが二十年たってもいまだに続いているんだよ。

ただ、時がたてばたつほど、なかなか三十九人全員が揃うのが難しくなってきてね。あれから引っ越して行った者もいるし、大人になれば仕事とか家庭の都合とかもあるからね。欠席する人も多くなる。ここ数年、三十九人が揃うことはずっとなかった。それが、今日、ようやく久しぶりに全員が揃ったんだよ。三十九本の薔薇が全部揃った。

メイ先生の薔薇が。

しかも、幸運なことに、たまたま、この僕が花束を持ち帰る番だったんだ。それが嬉しくて、なんだかこのまま家に真っすぐ帰るのが勿体《もったい》なくて、目に付いたこのバーに飛び込んで、一人で祝杯をあげたくなったというわけさ……。

え？

メイ先生はそれからどうしたって？

先生が婚約者と一緒に英国に旅立つ日には、僕たちも空港に見送りに行った。結婚式は向こうで挙げるんだって言ってたよ。

僕たち一人一人の手を握って、必ず帰って来るって涙ながらに約束してくれたけれど、結局、先生は帰って来なかった。

向こうでの生活が気に入っちゃったのかもしれないね。先生の身体には、半分はあちらの血が流れているわけだから、第二の故郷ともいうべき地が住みやすかったのかな。

風の便りに聞いたけれど、旦那さんとの間に何人も子供ができて、子供たちに囲まれて幸せに暮らしているそうだ。

きっと三十九人の教え子たちに注いだ愛情を、今は、自分の産んだ子供たちに惜しみなく注いでいるのだろうね……。

＊

その男が三十九本の黄薔薇にまつわる、ほのぼのとした思い出話を語り終えたときだった。

外が急に騒がしくなったかと思うと、勢いよく扉が開いて、数人の常連客がどやどやと入ってきた。常連客たちは既に酔っ払っており、大声でふざけ合いながら、カウンター席を独占した。

男は、そんな常連客たちに弾き出されるように、カウンター席から離れると、あの薔薇の花束を置いたテーブル席に引き返して行った。

それから、ボトルを一本注文すると、片隅で静かに一人で飲みはじめた。テーブルの上の黄薔薇の束を見つめながら。

常連客の一人が酔った勢いで、片隅で一人飲む男に、「奇麗な薔薇だね。誰かのプレゼント？」とか「こちらに来て一緒に飲まないか？」などとしきりに声をかけていたが、男は、その誘いをやんわりと断って、一人で飲み続けていた。

やがて……。

どんちゃん騒ぎを繰り広げていた常連客が引き上げたあとの、惨憺《さんたん》たる有り様のカウンターの上を片付けながら、ちらっと見ると、例の男は酔い潰れたように、テーブルに突っ伏していた。

看板の明かりを消して、生ゴミを外に出しに行くと、朝から降り続いていた雨は、いつのまにか止んでおり、洗われたような夜空には無数の星屑《ほしくず》がきらめいていた。

店の中を片付けてしまうと、私は、ようやく片隅のテーブルに突っ伏していた男の肩を揺すって起こした。

男は起き上がると、ぼんやりとした表情で目をこすっていた。そろそろ閉店だからと告げると、男は、もう一杯だけと言い、自分でソーダ割りを作ると、私にもすすめた。

しかたなく、一杯だけ付き合うことにした。

「さっきの話だけどさ」

男が、小さな泡をたてるグラスを見つめながら、ふいに言った。

「実は、あの話、事実とはちょっと違うんだよ……」

なおもグラスを見つめながら言う。

「というと？」

私が訊くと、

「メイ先生だけどね、今、家族と一緒に英国にいるって言っただろう？」

「ええ」

「あれ、嘘なんだ……」

「嘘……？」

「先生は英国にはいない。なぜなら、英国になんか行かなかったから。いや、行けなかったというべきかな」

「………」

「実を言うとさ、メイ先生はあのあと、行方不明になってしまったんだよ」

男は秘密でも打ち明けるように囁いた。

「行方不明？」

私はびっくりして訊き返した。

「うん。あの後……先生が五年三組の生徒全員を自宅に呼んで、薔薇の苗をくれた後だよ。その一週間後、メイ先生は、『お別れ会に行ってくる』と言い残して、朝、家を出たまま、それっきり姿を消してしまったんだ。家族にも婚約者にも何も告げずに突然ね。状況からみて、家出とは考えられないから、事故か事件に巻き込まれたんじゃないかって、すぐに家族が警察に捜索願いを出したらしいんだけれど、結局、先生の行方は分からなかった……」

「いまだに？」

「いまだに」

「その……メイ先生が言い残した『お別れ会』というのは……？」

「僕たち、五年三組の生徒が計画した『お別れ会』だよ。メイ先生のために何かしたいと思ってさ。それで、僕たちだけで先生の送別会を開こうってことになったんだ。場所は、藤沢《ふじさわ》という生徒の家だった。藤沢の両親は二人とも音楽家で、大きな家に住んでいたんだ。何十人もの人間が集まってパーティを開くにはうってつけの大きな家にね」

「そのお別れ会に、メイ先生は出席したんですか？」

「もちろん来てくれたよ。とても楽しいパーティだった。先生のうちで開いたバースディパーティのときのように。先生も凄く喜んでくれたよ」

「ということは……」

私は言った。

「そのお別れ会から帰る途中で、メイ先生の身に何かが起こったと……？」

「そうだね。僕たちの証言を聞いて、警察でもそう思ったようだった。藤沢の家から先生の自宅までは、歩いて二十分程度の距離だったから、その帰宅途中で、先生に何かがあったという線で捜査も進められたみたいだった……」

男は酔いの回ったような、奇妙に据わった目で、目の前の黄薔薇の束を見ながら言った。

そんな男の様子を見ていた私は、さきほどまでのほのぼのとした気分が次第に消えて、なんとなく厭な気分になってきた。何がどうとは言えないのだが、なんとなく厭な気分に……。

「藤沢という生徒の家がお別れ会の会場に選ばれたのは、ひとつはさっきも言ったように、何十人も集まってパーティが開けるほどの大邸宅だったってのもあるけれど、他にも幾つか理由があったんだよ……」

男はまた話し出した。

＊

その一つは、藤沢の家には、両親が二人とも音楽家というので、練習用に防音設備のバッチリ整った広い地下室があったってことさ。

そこにピアノとか色々な楽器とかが置かれていて、大声で歌を歌ったり楽器を演奏したりしても、外に音が漏れる心配はなかった。

だって、ほら、パーティというと、何かと騒いだりするだろう？

それとももう一つ理由があった。それは、お別れ会の三日前から、藤沢の両親が、演奏旅行のために海外に出掛けていて留守だったということだった。藤沢は一人っ子だったから、家には、あとは、住み込みの年とった家政婦さんが一人いるだけだった。

ああ、その前に、僕たちがなぜお別れ会を開こうと思ったか、その本当の理由から話した方がいいかな。

それは……なんて言ったらいいのかな。メイ先生から貰った薔薇の苗を育てて、奇麗な花を咲かせるために、どうしてもあるものが欲しかったからなんだよ。そのあるものをお別れ会で手に入れるつもりだったんだ。

あるものって何かって？

植物を育て、花を奇麗に咲かせるためには何が必要だと思う？

水と肥料さ。

水は自分でも用意できるけど、肥料がね……。メイ先生の薔薇を育てるためには、特別な肥料が必要だったんだ。

それに気付いたのは、先生の家に呼ばれて、薔薇の苗を貰った日の帰り道のことだった。五月に花が咲いたら一輪ずつ持ち寄って、先生の誕生会をしよう。そして、それを来年も再来年も続けようと約束し合ったあと、ふいに誰かが不安そうに言ったんだ。

もし、この苗を枯らしてしまったらどうしようって。そうしたら、誰かが言った。同じ種類の薔薇の苗を花屋で買って、また植えればいい。エバーゴールドなんて珍しくないから、どこの花屋でも売ってるだろって。

すると、別の誰かがこう反論した。それじゃ、メイ先生の薔薇を育てることにならない。先生に貰った苗を育ててるからこそ、メイ先生の薔薇になるんだから、と。

確かにその通りだった。

他の苗では意味がない。

それに、先生に貰った苗を、たとえ上手く育てて何年も花を咲かせたとしても、永遠に咲き続けるわけじゃないだろう。いつかは枯れてしまうかもしれない。そう思い至って、みんな、落ち込んでしまった。できれば、メイ先生の薔薇を半永久的に咲かせ続けたいと思っていたからね。

そのとき、誰かが素晴らしいことを思いついた。先生から貰った苗をたとえ枯らしてしまったとしても、先生の薔薇を咲かせ続ける方法があるよって。

確か……原田《はらだ》という奴だった。

でっかいメガネをかけたチビの生徒で、あだ名は「博士」っていった。ほら、よくいるじゃないか。クラスに一人は。やたらと物知りの奴。昆虫図鑑とか動物図鑑とか読むのが好きで。そういう奴だったよ。

そんなことできるのか。そう思って、僕たちは、そう言った奴の顔を一斉に見た。そいつは誇らしげに言ったんだ。

土だよ……って。

苗ではなくて、土そのものをメイ先生にしてしまうんだよ。そうすれば、たとえ、先生から貰った苗を枯らしてしまったとしても、新しく苗を植え直すことができるじゃないか。土そのものがメイ先生だとしたら、何度新しい苗を植え直したとしても、その土から養分を吸って咲く薔薇はメイ先生であり続けるわけだからね。

そりゃそうだけど、土そのものをメイ先生にするってどうやるんだよ？

誰かが訊いた。

そうしたら、原田は、特別な肥料をメイ先生から貰うんだよ。それを土に混ぜるんだって答えたんだ。

子供というものは、時々、突拍子もないことを思いつくもんだね。大人だったら百年たっても思いつかないようなことを。

今、あれと同じことをやれと言われたら、僕はためらわずに拒否するだろうね。大人としての常識が、あんなことを思いつくことさえ拒否させるだろう。

でも、あのとき、僕たちは子供だったんだ。しかも、メイ先生をとても愛していた。愛しすぎていた。子供らしい愛し方で。つまり、きわめてエゴイスティックな愛し方で。

子供だったからこそ、メイ先生の薔薇を永遠に咲かせる方法を思いついてしまい、誰もがそのやり方に反対するどころか、すごく良い方法だと感心して、すぐさま実行に移すことにしたんだ。

いや、それは違うな。

そんな無知でも無邪気でもなかった。その方法というのが「犯罪」であるという認識はみんな持っていたと思う。本当は絶対にやってはいけないことだとちゃんと解っていた。でも、同時に、たとえその罪を犯しても、子供であるがゆえに罰を受けないってことも知っていた。

十四歳未満の者の罪は、これを罰せず。

そういう法律があることを、クラスのみんなではなかったけれど、原田を含めて、何人かは知っていたんだよ。

そして、あの日、僕たちは、メイ先生を藤沢の家に招待したんだ。先生は約束の時間きっかりにやってきた。やはり、あの日も鮮やかな黄色いドレスを着ていたよ。

最初は、居間で、家政婦さんが作ってくれた御馳走《ごちそう》を食べて、みんなでゲームをしたりして遊んでいたんだが、夕方頃になって、藤沢が先生に言ったんだ。さも今思いついたというように。

先生。地下室にピアノがあるんですが、最後にそれを弾いてくれませんか、ってね。

むろん、メイ先生は喜んで承知してくれた。三十九人の教え子たちに背中を押され、手を引っ張られるようにして、先生はにこにこ笑いながら地下室への階段を下りて行った。家政婦さんは、パーティの後片付けをするために、居間と台所を忙しそうに往復していたよ。メイ先生は地下室のピアノの前に座ると、ピアノを弾きながら、美しい声で色々な歌を歌ってくれた。僕たちも先生の周りに集まって、合唱した。

そして……。

頃合いを見て、藤沢が、猪口《いぐち》というクラスで一番大柄な生徒に目配せした。

すると、猪口は、楽しげにピアノを弾いていた先生の背後にこっそり回り、先生の後頭部に隠し持っていた金づちを振り下ろしたんだ。僕たちは、みんな、それを横目で見ながら、歌を歌い続けていた。

先生は少しも苦しまなかったと思うよ。悲鳴すらあげなかったからね。伐採された木が倒れるように、どうっと倒れただけだった。たぶん、最期の最期まで、自分の身に何が起きたのかさえも解らないままだったんだろう。

僕たちはメイ先生の上に青いビニールシートを被せて床に横たえてから地下室を出た。最後に出た藤沢は、用意しておいた鍵で地下室の扉をしっかり施錠するのを忘れなかった。

台所で洗い物をしていた家政婦さんに聞こえるように、大声で「さようなら」と声を揃えて言うと、ぞろぞろと藤沢の家を出た。

もちろん、台所にいた家政婦さんは、僕たちの声を聞いて、そのときメイ先生も一緒に帰ったと思い込んだようだった。後で、調べに来た警察にそう証言していたからね。

そして、翌日、僕たちはまた藤沢の家の地下室に集合した。家からくすねてきた肉切り包丁とか大型のナイフとかをランドセルの中に隠し持ってね……。

青いビニールシートを床に敷いて、その上に衣服を取り去ったメイ先生の真っ白な大きな身体を仰向けに横たえると、まず、藤沢が、庭の枝なんかを払うときに使う電動ノコギリで、先生の身体を幾つかの大きなパーツに切断した。

先生の首は、場所の提供者である藤沢がまるごと手に入れた。首から上は切り刻まないでおこうとみんなで話し合った。耳とか鼻とか髪を欲しがる奴もいたんだけれどね。でも、やっぱり、あの奇麗な顔を傷つけるのはよそうってことにしたんだ。首から下は、残りの生徒たちがよってたかって、包丁やナイフで……。先生の身体にたかる僕たちの姿は、天井から見たら、白いケーキにたかる蟻《あり》のようだっただろうな。

そう。

三十九人の生徒の手で徐々に切り取られていくメイ先生の白い大きな身体は、いつか、先生の家で食べた巨大なバースディケーキに似ていたよ。三十九等分に次々と切り分けられて、最後には、中に挟んだ苺の赤い果汁しか残らなかった、あの白い大きなケーキに。

一晩放置しておいたせいか、血液が凝固していて、やがて、何もなくなった青いビニールシートの上には、そんなに血は溜まっていなかったんだ。

こうして、僕たちは、メイ先生の身体から切り取った部分をビニール袋に入れて家に持ち帰り、庭やベランダの土に埋めたのさ。あの黄薔薇の苗を植えた土にね。

そうしたら、ほぼ二カ月後、その素晴らしい特別な肥料のせいか、三十九本の苗に、びっくりするような大輪の黄金の薔薇が咲いたんだよ。

メイ先生の薔薇がね……。

*

男は話し終わると、背広の袖口をめくって腕時計を見た。

既に午前三時を回っているのに気が付いたのか、やや慌てたように立ち上がった。テーブルの上の花瓶から黄薔薇の束を抱きとると、勘定をしてくれと言った。

「怖い顔してるね」

カウンターに戻り、男の差し出した万札を、震えそうになる指で受け取った私の顔を覗き込むように見て、男は、おどけたように言った。

「もしかして、今の話、真に受けたわけじゃないだろうね？」

「…………」

「おいおい。嘘だよ。ただの作り話だって。安心しろよ。お別れ会の後、メイ先生は何事もなく家に帰り、翌日、婚約者と一緒に旅立ったんだ。今も向こうで家族に囲まれて幸福に暮らしている。先生から絵葉書も貰ったよ」

男は、笑いながらそう言うと、「また来るよ」と言い残して出て行った。

もちろん、男は酔った勢いで、あんなとんでもない作り話をしたのだろう。あの三十九本の黄薔薇が、子供たちに愛されすぎた一人の若い女教師の血と肉を吸い取って、今も咲き続けているなんて……。

そんな話を信じろという方が無理というものだ。私だって、あんな話を頭から信じ込んだわけではなかった。

ただ……。

あれから、ちょうど一年が過ぎたが、あの男は二度と現れなかった。男が残していったウイスキーボトルは、今もなお、うっすらと埃を被ったまま棚に眠っている。

午前三時。

今、店の片付けを終えた私の目には、片隅のテーブル席に、鮮やかな黄色いドレスを着た若い女性が、やや俯きかげんに一人で座っているのがぼんやりと見えるのだが、あれだって、むろん、私の少々疲れた神経と想像力が生み出した幻影にすぎないのだろう。

セイレーン

口論のきっかけは思い出すのも馬鹿馬鹿しいようなささいなことだった。私が携帯ゲームにばかり夢中になって、話しかけてもろくに返事もしないとか、そんなことだった。三十分ほど口争いが続いた果てに、彼女は突然、ヒステリックなハンドルさばきで車を道路の路肩に停めると、「降りてよ」と言い出した。私はあぜんとして彼女の顔を見た。冗談を言っているのかと思ったのだ。

降りろと言っても、ここは北信濃《きたしなの》の山また山に囲まれた車道の真っ只中である。しかもあたりは既に暮れ始め、小雪もちらつきはじめていた。

時は、一九九九年十二月二十八日。

年末年始はいつもなら海外で過ごすのが多かったのだが、今年は、いわゆる二〇〇〇年問題やら、私の失業やらで、海外行きはあきらめ、手近な国内の温泉宿で過ごそうとやってきたのだが……。

あと数十分もすれば、彼女が予約しておいた温泉宿に着くはずだった。それがこともあろうに、こんな山中で突然降りろと言い出したのだ。

最初は冗談かと思っていたが、彼女はどうやら本気のようだった。「降りろ」「嫌だ」としばらく押し問答が続き、あげくの果てには、あの花魁《おいらん》のぽっくりのような厚底ブーツで嫌というほど私の臑《すね》を蹴り上げ、半ば強引に車から叩き出すと、「運が良ければ、どこかの車に拾って貰えるよ」と憎々しげな捨《す》て台詞《ぜりふ》を残して、彼女は走り去ってしまった。遠ざかって行く車の赤いテールランプを恨めしげに見つめながら、私は、路上に投げ捨てられたダウンジャケットとボストンバッグを拾い上げた。

途方に暮れたが、まだこのときはさほど自分の置かれた立場をそう深刻に捉えてはいなかった。

彼女の言う通り、この道路はT温泉郷に続いているわけだから、私たちのように温泉宿に向かう車が通りかかるかもしれないと思っていたし、それよりも、ヒステリーがおさまれば、私にこんな仕打ちをしたのを後悔した彼女が戻ってくるだろうと思っていたからでもあった。

寒空の下、降ろされた所でじっと間抜け面をさらしているわけにもいかないので、私はジャケットを羽織ると、のろのろと道路沿いに温泉郷方面に向かって歩き出した。

ところが……。

かなり歩いたような気がしたが、いっこうに彼女が戻ってくる気配もなく、また、他の車も通りかからない。

あたりはもうとっぷりと暮れていた。雪もちらつくという程度ではなくなっていた。視界を黒々とした山に遮られているせいもあって、私はだんだん不安になってきた。このまま歩き続けていれば、そのうち、どこかの宿の明かりでも見えてくるのだろうが、車で数十分といっても、歩けばけっこうな距離になる。

しかも、「あ、そうだ。携帯……」と思いつき、ジャケットのポケットに手を突っ込んで、さらに凍りついた。ポケットに入れておいたはずの携帯電話がなかった。

おそらく、後部座席に脱ぎ捨てておいたジャケットを彼女が乱暴につかんだとき、ポケットの中から零《こぼ》れ落ちたのかもしれなかった。つまり、私の携帯は、まだ彼女の車の中にあるというわけだった。

ここにいたって、ようやく、事態は私が考えているほど甘いものではないと骨身に染みるような寒さと共にひしひしと感じはじめていた。

まったく、この夏に、今まで勤めていた会社を辞めて（というか、半ばクビ同然だったのだが）から、ろくなことがなかった。この不況で、次の勤め先はいまだに決まっていなかったし、私の方が転がり込むような形で同棲をはじめた彼女との仲も最近どうもうまくいっていない。彼女の愛車から叩き出されたように、今のマンションから叩き出されるのも時間の問題かもしれなかった。

この先、俺はどうなるんだろう……。

まさに、今目の前に延びている黒々とした道、歩いても歩いても明かりの見えてこない、この車一台通らない寒々とした道が、未来のない自分の将来を暗示しているような気がして、情けない話だが、声をあげて泣き出したいような衝動に駆られていた。

ふと見ると、ガードレールの下には、M渓谷の吸い込まれるような闇が広がっている。ここから落ちたらひとたまりもないだろう。私は足をとめ、ガードレールから身を乗り出すようにして、足元に広がる深い闇を見つめた。いっそここから飛び降りて死んでしまったら楽だろうな……。

魔がさすというのだろうか。闇に誘われるように、そんな不吉な考えがふっと頭をよぎった。そのときだった。

まるで、頭をよぎった暗い衝動を打ち消すように、背後からけたたましいクラクションの音がした。

はっとして振り返ると、二つの眩い光と共に一台の車が近付いてきて、私のそばで停まった。白っぽいワゴン車だった。

「どうかされたんですか？」

運転席の窓が開いて、ワゴンを運転していた四十年配の男が声をかけてきた。その顔には幽霊にでも会ったような表情が浮かんでいた。それはそうだろう。こんな山中の車道に、しかも日が暮れて雪まで降っている車道に一人で佇《たたず》んでいたのだから、間抜けな冬場の幽霊かと思われても無理はなかった。

私は、この先の温泉宿に行くつもりだったのだが、友人と喧嘩して車から降ろされてしまったのだと慌てて説明した。

すると、声をかけてきた男は、幽霊でないのが分かってほっとしたのか、「それなら、私たちもT温泉郷に行くから乗って行けばいい」と言ってくれた。聞くところによると、男はこの先のY温泉で民宿を経営しており、S駅まで今年最後の泊まり客を迎えに行ってきたところだという。

地獄で仏とはこのことだった。

私は何度も礼を言って、さっそくワゴンに乗り込んだ。中には、泊まり客らしい五人の男女が乗っていた。

「で、その宿というのはどこですか？」

運転席の男が訊ねた。

「それが……」

私は頭を掻きながら、その宿は友人が手配したので、私は宿の名前も住所も知らないことを打ち明けた。

「そうですか」

男は一瞬考えるように言葉を詰まらせたが、「それじゃあ、うちに着いてから、このあたりの宿に全部電話してみましょう」と言ってくれた。それで、友人が泊まっている宿が分かったら、そこまで送ってくれるというのである。

男の親切に感謝しながらも、私は迷っていた。私にも自尊心というものがある。犬コロみたいに車から蹴り出されて、あまりの惨めさに、いっときの気の迷いとはいえ、自殺まで考えたのである。それを今更ノコノコと彼女の泊まっている宿に行くというのも情けない話ではないか。ワゴンに拾われてほっとしたせいか、じわじわと彼女に対する怒りがこみあげてきた。とても、この先、あの女と同じ宿で過ごす気になんかなれなかった。

かといって、このまま東京に帰って、記念すべき二〇〇〇年の朝を一人で迎えるというのもつまらない。そこで、もし、男の経営する民宿にまだ空きがあるならば、そこに泊まろうかと思いついたのである。

切り出してみると、男は、「空きはありますが」と、やや戸惑ったように言い、「実は、民宿を経営するのも今年いっぱいで……」と口ごもりながら付け加えた。

やはり不況のあおりを食ってか、客足がこの数年ぱったりと途絶え、このままでは借金ばかりが膨れ上がる一方なので、しかたなく、営業は今年いっぱいで打ち切ることにしたのだという。

それなら大晦日《おおみそか》まででいいからと食いさがると、男は、「でも……。最後の夜は、この人たちの貸し切りですので」と、困ったような顔で五人の客の方を見た。

団体さんの貸し切りか。

それならしょうがないとあきらめかけたとき、

「いいじゃないですか。ここでこうして知り合ったのも何かの縁でしょう。ちょうどドナルドさんのドタキャンで男性が一人足りなかったわけだし」

そう言ったのは、三十代前半くらいの眼鏡をかけたエリート風の男だった。

「そうですねえ。まあ、旅は道づれと言いますから。私はいっこうにかまいませんよ」

五十がらみの恰幅《かっぷく》の良い男もそう言ってくれた。

「どうですか、女性陣は？」

眼鏡の男が訊くと、三人の女性たちも、「かまわない」というように一斉に頷いた。

「これで決まりだ。さあ、あなたも今夜から僕たちの仲間です。最後の……一九〇〇年代最後の夜をおおいに楽しみましょう」

眼鏡の男はそう言って、笑いながら握手を求めてきた。

＊

民宿に着くと、とにかく冷え切った身体を温めようと、私はとるものもとりあえず、風呂場に直行した。

檜造《ひのきづく》りの風呂場はさほど広くはなかったが、昔の湯治場《とうじば》の趣を残していて、硫黄の臭いもなつかしい白濁した湯に肩まで浸かっていると、次第に身も心もほのぼのとほぐれてきた。自分の未来に絶望し、一瞬にせよ、自殺まで考えたことが嘘のように思えてきた。

今年の垢《あか》と不運をこそげ落とすような気持ちで、韓国エステよろしく、念入りに身体の隅々まで洗ってから、囲炉裏のあるラウンジに戻ってくると、既に夕食の膳が並べられていた。

ここは、ワゴンを運転していた松原《まつばら》という男とその細君の二人で細々と経営しているようだった。

私たちは、あの眼鏡男の音頭で、まずビールで乾杯した。湯上がりの一杯はまた格別だった。ああ、生きててよかった。心底そう思った。生き返るとはまさにこういう瞬間をいうのだろう。

ラウンジにはランプの明かりしかなかったが、その闇を包み込むような仄《ほの》かな光が、蛍光灯の容赦のない明るさとは全く違う優しさのようなものをあたりに醸し出していて、はじめて来た宿なのに心からくつろぐことができた。腹の虫も鳴っていた。

さっそく信州牛のしゃぶしゃぶをメインにした膳に箸をつけようとすると、「食べながらでいいですから」と前置きをして例の眼鏡男が、「ここで簡単に自己紹介をしておきましょうか。いつまでもハンドルで呼び合うのも何ですから」と言い出した。

ワゴンの中で聞いた話では、五人の男女は、インターネットで知り合ったネット仲間なのだという。

なんでも、眼鏡男のホームページの「掲示板」や「チャット」(オンラインでのおしゃべり)に書き込んだのがきっかけで互いに知り合い、メール交換などはしていたらしいのだが、五人とも顔を合わせるのははじめてだということだった。

いわゆるオフ会というやつだった。

ネット上で知り合った者同士が、オフラインで会う、つまり直接会うことを、ネット用語でオフ会などと呼んでいるのである。

「では、まず言い出しっぺの僕から。本名は宮本俊彦《みやもととしひこ》。三十二歳。独身。職業は……コンピュータ関係とだけ言っておきましょうか。僕のプロフィールは今更言うまでもないですよね。サイトに載せておいたから」

眼鏡男、宮本は手短に自分の紹介を済ませた。

「ブラックチャックさん、もとい宮本さんは、東大の大学院を出ているそうですよ」

私の隣にいた五十年配の男が囁いた。

ブラックチャックというのは宮本のハンドルだろう。あの人気アニメの主人公の名前をもじったものに違いない。ネットの世界では、自分の本名を明かさずに「ハンドル」と呼ばれる、いわばペンネームのようなものを使用してアクセスする者が多いのである。

最初から、どことなくエリート然とした男だなという印象はあったが、東大大学院卒とはね。三十二歳といえば、私より一つ年下だった。

「あ、次は、私ですか。私は……ダイコクこと大黒源一《おおぐろげんいち》と申します。当年とって五十五歳。カー用品などを販売する会社を経営してます。三年前に長年連れ添った女房に先立たれまして、二人の子供も既に独立して、今は花の独身に戻ったというか、哀れなやもめ暮らしというか。ま、そんなとこですな」

私の隣の五十男はそう言ってがははと笑った。

東大出のエリートの次は、「社長」かよ。私はまたもや劣等感を刺激されて、少し落ち込んだ。一口に「社長」といっても、社員は自分だけという超零細企業から、世界中に支社を持つ大企業のトップまで、それこそピンキリだろうが、大黒源一の思わず「よ、社長！」と声をかけたくなるような恰幅の良さや、金まわりの良さそうな福耳から見ても、彼の経営する会社というのは、中小企業と呼べるくらいの規模はあるのではないかと推測した。

「あと、もう一人、ドナルドさんという若い男性も来るはずだったんですが、直前になってキャンセルしてきたんで……」

宮本がやや不満そうな口調で付け加えた。

ああ、そうか。ワゴンの中で彼が言っていた「ドナルド」というのは、ハンドルだったのか。あのときは、てっきり外国人かと思ったのだが。

「では、次は女性陣。まずは、『浪速《なにわ》のおばちゃん』からどうぞ」

宮本が言った。

「『浪速のおばちゃん』こと中根洋子《なかねようこ》です。年齢はないしょ。大阪で兄夫婦の経営する食い倒れの店を手伝ってます。今は独身です。こんなところでエエかしら？」

私の踏んだところでは、四十五、六歳というところの小太りの中年女性が、見るからに浪速のおばちゃんといった感じの明るい口調で自己紹介した。

「ミサキこと児玉《こだま》みさきでーす。二十一歳になりまーす。新宿のファッション関係、といってもヘルスじゃないでーす。専門学校に通ってまーす。夢はデザイナーになることでーす。彼氏募集中……かな？」

次に自己紹介したのは、能天気そうな若い女性だった。過激なダイエットでもしているのだろうか。骸骨《がいこつ》のように痩せこけていた。こんなに痩せていなければ、もう少しかわいい印象を与える人なのに、と私は残念に思った。

「落合愛美《おちあいまなみ》です……」

最後の女性の番になったとき、私は一言も聞き漏らすまいと耳に神経を集中した。

実は、さきほどからずっと彼女が気にかかっていたのだ。彼女に興味を持った理由は簡単だった。とびきりの美女だったからである。仄かなランプの明かりのもとで見るせいかもしれないが、華奢《きゃしゃ》な肩にかかる艶やかな黒髪の風情といい、やや青白いが、消え入りそうな夜露の儚さを湛えている細面の顔といい、つい見とれてしまうような美形だった。

「二十八歳です。二年ほど前までは東京で会社勤めをしていたのですが、身体を壊したのをきっかけに会社は辞めて、今は埼玉の実家で療養を兼ねて家事手伝いをしています……」

落合愛美は、落ち着いた声でそう自己紹介した。声はやや低く暗めだったが、彼女の場合、それがかえってミステリアスな雰囲気を醸し出していた。まあ、美人というのは、明るければ明るいなりに、暗ければ暗いなりの魅力を発揮するものではあるが。

家事手伝いか。てことは、当然独身ってわけだな。実際、彼女の指には既婚者を表す指輪の類いは見られなかった。おそらく彼氏とかもいないのではないだろうか。もし、そういう男がいるならば、貴重な長期休暇である年末年始をこんな形で過ごしはしないだろう。そう考えると、私は妙に胸がときめくのを覚えた。

これはひょっとしたら、ラッキーだったかも。そういえば、最悪のことが起こったあとには、最高の幸運が舞い込むというじゃないか。その逆もあるが。

もしかしたら、これは新しい出会いではないだろうか。良いことが何もなかった一九九九年の最後に舞い込んだ最大のチャンスかも。

そんな熱い期待が鎌首をもたげたのである。しかも、私の期待をあおるように、落合愛美の視線が、さきほどから幾度となく、ちらちらと盗み見るように私の方に注がれていた。

最後は私だった。

私は慌てて箸を置き、名前と年齢を言い、「職業は……」と言いかけてぐっとつまった。夏まで勤めていた会社の名前をあげようか、それとも、今は失業中であると打ち明けようか、一瞬迷ったのである。

失業中だと言えば、彼女、落合愛美に悪い印象を与えてしまうだろうなと気がすすまなかったが、だからといって、すぐにばれるような嘘をつくのも嫌だった。それで、少しためらったあと、失業中であると正直に話した。

「こういう御時世だから、新しい仕事を見つけるのも大変でしょうなあ」

大黒源一が同情するように言った。

「そうなんですよ。そうだ。いっそ大黒さんのところで雇ってくれませんか?」

冗談のつもりで言うと、大黒はほろ苦い笑みを見せて、

「景気の良いときでしたら、袖振り合うもナントヤラで、うちに来て貰ってもいいんですがねえ。うちも今苦しくてねえ。大手が参入してきたときから苦戦を強いられてきたんですが、おまけにこの不況。首吊りの足を引っ張られるようなもんですわ。正直なと

ころ、新しい人を雇うどころか、誰に辞めて貰うか頭を悩ませている次第でして……」

大黒はそんなことをしんみりとした口調で言った。私は、「それじゃ、しょうがないですね」と愛想笑いを浮かべて答えながら、腹の中では、従業員のクビ切って、社長はのんびり温泉旅行かよと毒づいた。

「高野《たかの》さん」

ふいに名前を呼ばれた。声の方を見ると、中根洋子がきっとした表情で私の方を見ていた。

「は？」

居眠りしている生徒を見つけた女教師を思わせる厳しい視線に、私は手にとりかけた箸をまた置いて、思わず居ずまいをただした。

「あなた、さっき、馬鹿なことを考えていたんじゃないでしょうね？」

中根洋子は言った。

「馬鹿なこと？」

「車道でガードレールから身を乗り出すようにして、下を覗き込んでいたでしょう？　あなた、まさか、あのとき、失業したのを苦にして」

ああ、あのことか。私は、中根洋子の言った「馬鹿なこと」の意味が分かって、苦笑した。

「自殺でも考えていたかって言うんですか？」

「ええ。そんな風に見えましたよ」

「実は、ちらっと考えました。ここから飛び降りたら楽になるだろうなって」

「いけません！」

中根は一喝した。それは絶叫に近かった。

「衝動的にそんなことしたらいけません」

いけませんって言ったって、考えちまったものはしょうがないだろ、と、私は、その中年女にありがちなヒステリックな物言いに少しむっとした。

「そんなことしたらいけません」か。この手のおばさんが好んで言いそうな台詞ではあるよな。二言めには、「命の尊さ」だとか、「人ひとりの命は地球より重い」とかさ。たかが人間一匹の命が地球より重いわけがないだろうが。それなら、ミミズ一匹の命は地球より重くはないのか。同じ地球に棲む「生物」だろうに。なんで人間の命だけがそんなにべらぼうに重いんだ。

そして、きまって、次はこうくるんだ。

「あとに残されたご家族の気持ちを考えてごらんなさい」

家族だろうが何だろうが、そんな他人の感情を忖度《そんたく》できるような心の余裕があれば、そもそも自殺なんかしないと思うがね。

「あなたにも家族や友人がいるんでしょう？　衝動的に馬鹿なことをして、残されたご家族たちの気持ちを考えたことがありますか？」

そらきた。中根女史がそう続けたので、私は思わず噴き出してしまった。まさにマニュアル通りの「説教」だったからだ。

「何がおかしいんです？」

中根はむっとしたように言った。

「いや、失礼。べつにおかしくないです。ただ、次はそうくるだろうなと思ったもんだから」

私は懸命に笑いをこらえながら言った。ま、この手の「常識」が服を着ているようなおばちゃんとまともに言い合ってもしょうがない。自殺は悪いこと。ちらっと考えるのも許されないような悪いこと。どうせ、そう思い込んでいるのだろう。そんな相手に、「自殺は一つの救い」だなんて言い張ってみたところで、平行線をたどるのは目に見えている。

「高野さん」

そのとき、宮本俊彦の冷ややかな声がした。

「あなたが何をおかしがっているのか僕には想像がつきますが、あなた、勘違いしてますよ」

「中根さんは一般論をおっしゃってるわけじゃないんです。ご自分の体験を言ってるんです」

「え？」

「体験……？」

「中根さんは、以前は神戸に住んでおられたそうです」

宮本が何か言いかけたとき、突然、

「ねえねえ、自殺とか失業とか、やめようよ、そんなクラーい話。ミサキ、そういうのって好きじゃない。もっと楽しくやろうよー」

子供っぽい声をはりあげたのは、児玉みさきだった。

「そうですよ。ミサキさんの言う通りだ。私たちはここに楽しみにやって来たんだ。もうよしましょう、そんな話は」

大黒も気を取り直したように言った。

「ホンマですね。私がよけいなことを言ったばかりに。すんません。みなさんに不愉快な思いをさせてしまって」

中根洋子がすまなさそうに一同に頭をさげた。

「そんでも、高野さんを責めたわけじゃないんですよ。ただ、安易に死を考えている人がどうしても許せないんです。それと、衝動的に死に走る人も」

中根洋子はさきほどよりは穏やかな眼差しで私の方を見ながら言った。

「確かに、あのとき、僕は一瞬死を考えました。でも、あれはいわゆる魔がさすというやつだったんです」

私は慌てて中根に言った。

「そんな深刻なものじゃなかったんです。げんに、温泉に浸かって、こうして腹ごしらえをしたら、あんなことを考えた自分が嘘みたいに思えるんです。安心してください。もう二度と馬鹿なことは考えませんから。失業といっても、アルバイトならいくらでも口はあると思いますし、八方ふさがりってわけじゃありませんから」

気休めではなかった。私は本心を言っていた。

「そうだよ。高野さんはまだ若い。三十三なら、やり直しはいくらでもきくさ。深刻なのは、私のような中高年だよ。なかなかやり直しがきかないからねえ」

大黒が溜息まじりに言った。

「あーん。またその話になっちゃう。暗い話はおしまいだってば。それより、ブラックチャック、あれ、はじめようよ」

うんざりしたように言ったのは児玉みさきだった。

二十歳そこそこの、しかも親のスネをまだかじっていられる学生の彼女には、「社会」の厳しさなんて今ひとつピンとこないのだろう。私は彼女の能天気さがつくづく羨ましかった。

「そうだね。そろそろはじめようか」

宮本が立ち上がった。

あれ、とは何だろう？

「何かはじまるんですか？」

私が訊くと、

「これからパートナーを選ぶのよ」

そう答えたのは、今までずっと黙っていた落合愛美だった。

「パートナーって？」

私は彼女とはじめて口をきいた嬉しさに、さらに訊ねた。

「実は、このオフ会の最大の目的がこれなんですよ」

私の質問に答えたのは愛美ではなく宮本だった。宿のオーナー夫人から手渡された、短冊状の紙を手にして戻ってきた宮本は、それを配りながら言った。

「さきほどの自己紹介でお分かりかと思いますが、ここにいる人たちはみな独身なんです。それで、お互いにここで気に入った人がいたら、カップルになってしまおうってわけです。記念すべき二〇〇〇年の朝を一人で迎えるなんて味気ないでしょう？」

なんだ。一種のお見合いみたいなものか。

「どうです？　高野さんも加わりませんか。あなたが参加すると、ちょうど三対三になるんですがね」

　と宮本。

「そうですねえ」

　私はちらっと、落合愛美の方を見た。彼女は目を伏せている。

「あ、でも、既婚者はだめですよ。婚約者とか恋人のいる人もだめ。フリーでなければだめです。あくまでもフリー同士の大人のお付き合いということで」

　宮本が言った。

「僕は独身です。恋人も今はいません」

　私はまた愛美の方をちらっと見ながら言った。彼女は相変わらず目を伏せたままだった。

「そうお？　彼女いるんじゃないの？　友人の車で来たって言ってたけど、友人って、女性じゃないのかな？」

　宮本は眼鏡の奥の細い目を変に光らせて訊ねてきた。

　さすが東大出だ。鋭い。痛いところをつかれた私は一瞬黙った。しかし、このとき、私の頭には、もうあの女のことはなかった。あの女とは別れよう。そう決めていた。落合愛美のどことなく謎めいた眼差しが、私にそう決断させたのかもしれなかった。

「違います。友人は男です。だ、大学時代の友人です」

私はつい嘘をついてしまった。

「へえ。男二人で年末年始を温泉旅行ねえ」

宮本は疑わしそうに、眼鏡を片手で押し上げながら言った。

「変ですか？」

私はむかっとして言い返した。

「まあ、いいでしょう。じゃ、高野さんもどうぞ」

宮本は薄笑いを浮かべたまま、短冊状の白い紙を私に手渡した。

「それに、意中の人の名前かハンドルを書いてください。もし、女性の方もあなたの名前を書いていていたら、カップル誕生というわけです。意中の人がいないか、誰にするか決めかねた場合は、白紙のままでもいいです」

「あたしはブラックチャック。もう決めてるもん」

児玉みさきが無邪気に言い放った。

「ブラックチャックもあたしの名前書いてよね、ミ・サ・キって」

そう言われた宮本は、一瞬、嫌な顔をした。

しばらく、誰もが無言で短冊状の紙にペンを走らせていた。私は、迷わず「落合愛美」の名前を書いた。彼女も私の名前を書いてくれることを切望しながら。

「いいですか。それじゃ、オーナーに渡して」

宮本の声で、オーナーの松原が六枚の紙を回収した。

「わあ。どきどき。ブラックチャックとカップルになれるかなあ」

と、みさきの相変わらず無邪気な声。

六枚の紙を見比べていたオーナーは、すぐに首を振って言った。

「残念ですが、カップルはありません」

誰かの口から失望のため息が漏れた。

「えーっ。うそー。ブラックチャックったら、あたしの名前書いてくれなかったのー」

みさきの不満そうな声が爆裂した。宮本は腕組みしてあらぬ方向を見ていた。

「発表しますと、大黒さんは、落合愛美さん。宮本さんも、落合愛美さん。高野さんも、落合愛美さん……」

私たち男性陣は思わず互いの顔を見合わせた。三人とも「落合愛美」の名前を書いたというわけか。当然といえば当然の結果だが。

「いいなー、美人はもてて」

みさきが口を尖らせた。当の愛美は恥ずかしそうに目を伏せたままだった。

「で、女性陣の方は……」

オーナーの声が続いた。

「中根さんは、大黒さん。児玉さんは、三つのビックリマーク付きで、ブラックチャックさん。そして、落合さんは……白紙でした」

＊

「白紙ってことは……」

やや重苦しい沈黙のあと、宮本俊彦が詰問口調で言った。

「あなたがお気に召した人はこの中にはいないって意味ですか。それとも、まだ誰にするか決めかねているという意味ですか、どちらですか。落合さん」

「あの……後者です」

落合愛美は蚊の鳴くような声で答えた。

「後者ってことは……まだ決めかねていると？」

宮本の声が明るくなった。

「そうです。もう少し、みなさんのことを知ってからでないと……」

愛美は小さな声で言った。

「まあ、考えてみれば、落合さんの言う通りかもしれませんね。チャットで話したりメール交換していたとはいっても、直接会うのは今日がはじめてなのだし」

宮本は自らを慰めるように呟くと、

「では、今夜は残念ながらカップル誕生とはなりませんでしたが、明日の夜、もう一度投票します。それまで、おおいに親好を通じて、お互いの理解を深めることにしましょう」

と言った。

夕食のあとは、遊戯室で卓球でもやろうという話になったのだが、落合愛美に相当ご執心らしい宮本は、卓球そっちのけで、愛美にまとわりつき、その宮本を、これまた彼にぞっこんの児玉みさきが金魚のフンのように追っかけ回すという妙な構図ができあがっていた。

一方、大黒源一は中根洋子が自分に投票してくれたのに気をよくしたのか、中根とツーショットでまんざらでもないように相好《そうごう》を崩していた。とはいうものの、時折、未練がましい視線を、中根洋子の肩越しに、落合愛美の方に投げかけてはいたが。

そして、私はといえば、できれば、落合愛美と二人きりになって、もっとお互いの理解を深めたかったのだが、彼女のいるところには背後霊のように宮本がへばりつき、その宮本に児玉みさきがへばりついていて、まさに串団子《くしだんご》状態になっていたので、近付くことすらできなかった。

こうして第一夜は更けていった。

翌朝。朝食後、どういう風の吹き回しか、「そのへんを散歩しませんか」と宮本に誘われた。

私としては、彼と親交を深めるよりも、落合愛美と親交を深めたかったのだが、彼女はオーナー夫妻と共に、近くの山に山菜採りに出掛けてしまった。

「落合さんのことなんですがね……」

宮本は、渓谷沿いの散歩道をぶらぶら歩きながら切り出した。どうやら、散歩というのは口実だったようだ。

「あの人はやめといた方がいいと思いますよ」

突然何を言い出すのかと、宮本の顔を見ると、彼の顔は真剣そのものだった。

「やめるって？」

「軽い気持ちで手を出さない方がいいって言ってるんです。あの人はそういう人じゃないから。あの人は『重い』人です。へたにかかわると火傷《やけど》どころか身の破滅を招きかねませんよ……」

「重い人って、どういう意味です？」

「遊び半分で恋愛のできない人って意味です。彼女、自己紹介のとき、身体を壊したので会社勤めを辞めたって言ってたでしょう？　でも、壊したのは身体だけじゃないんですよ」

「え？」

「神経というか精神というか。直属の上司にあたる妻子持ちの男と不倫したあげく、心中未遂したんです。結局、男は家庭に戻り、彼女は会社を辞めた。家庭に戻ったといっても、男の方も廃人同様だったそうです。相手も壊れちゃったんです。それも、これがはじめてじゃない。学生のときにも二度心中未遂しています。そういう人なんですよ。重度の恋愛中毒っていうか。並の女性なら恋愛のゴールは結婚になるのでしょうが、彼女の場合は……。とにかく、付き合うには男の方も覚悟がいります。遊び半分と軽く考えているなら、今からやめた方がいい」

「そういうあなたはどうなんです？　だいぶ彼女にご執心のようだが、その覚悟はできてるんですか」

私は幾分皮肉をこめて言ってやった。

「できてます。彼女とだったら地獄の底まで付き合ってもいい。そう腹をくってますよ、僕は」

思わず感心するような潔さで、宮本はきっぱりと言い切った。

「僕はね、今まで恋愛らしい恋愛ってしたことないんです。合コンで知り合った子と遊び半分とかならともかく、何もかも放り出して夢中になるようなのはね。恋愛なんてゴム風船。膨らむだけ膨らんで、針でつつけばパチンと弾けて、ジ・エンド。ただの幻想にすぎない。そんな空虚なものに注ぐエネルギーがあったら、専門分野の研究とか仕事に費やした方がよっぽど建設的だと思ってきたんです。それに恋は盲目とはよく言ったもので、恋をすると視野が狭くなるし、自由な精神状態も保てなくなる。よくいるでしょう。携帯を肌身離さず持って、彼氏彼女からのメールが来てないかチェックばかりしてる奴。ああいうの見てると、こっちが恥ずかしくなって目をそらしちゃうんです。首輪をつけた愛玩用のペット見てるみたいで」

そこまで話して、宮本は大きなため息をついた。

「でも、幻想っていうなら、恋愛だけじゃないですよね。この世にある何もかもが幻想っちゃ幻想です。平和も幻想。自由と平等も幻想。民主主義も幻想。そして、最大の幻想は、なんといっても、金、マネーです。ただの印刷された紙切れ、今や数字の羅列にすぎないものを、みんな目の色変えて追い求めている。数字が増えたり減ったり、上がったり下がったりしただけで、得した損したって大騒ぎしてる。神とか仏とか宗教なんて非科学的で古臭いと鼻でわらっている奴でさえ、こういうのに限って、『カネこそ我が神』のマネー信者だったりする。儲けると書いて信者とはよく言ったもんだ。なんてね、他人事みたいな言い方してますけど、かく言う僕もその一人だったんですよ、つい最近まで」

「そうなんですか」

「株とかチョットね。そこそこに儲けました。一度は億単位までいったかな」

「へえ、凄いですね。さすが東大……」

「でも、結局、儲けたのは一時的で、あっというまにすべて無くしました」

「え。どうして。僕は株ってやったことないんで分からないんですけど、億も儲けたんでしょ。そのときにやめていれば」

「そうですね。あそこでキッパリ手を引いていれば、僕もささやかな億万長者になれたわけです。ところが、そうはならない仕組みになってるんですよ。これが実に良くできた仕組みでね。本質はギャンブルですから」

「ギャンブルって……それは投機とかでしょう？　でも、投資なら」

そう言いかけると、

「株に関していうなら大した違いはないです。どちらも、胴元《どうもと》、つまりインサイダーとそのお仲間だけが確実に儲かるギャンブルなんです。それを知っていて自律心のある小金持ち以上が手を出すならかまわないけど、何も知らない庶民がやるものじゃありません。アウトサイダーが株で確実に儲けたかったら、いっそ、初心者向けに『確実に儲かる株入門』なんて本を書いて出した方がいい。占い本を買うような連中がこぞって買ってくれるから印税で儲かります」

「…………」

「しょせんギャンブルだから、うっかりはまると抜け出せなくなる。たとえば、パチンコやってて、勝ち続けてるときにやめられます？　できないでしょう？　今日はついてる。もっともっとって思っちゃいますよね。逆に負けてるときは、今度こそ今度こそってやり続けちゃいますよね。負けても勝ってもやり続ける。一億、儲かったから、そこで手を引こうと思っても脳が許してくれないんです。次は十億百億だって、なんというかハイ状態になってしまうんですよ。で、ハッと目が覚めたら、株価の調整期ってやつに入っていて、あらあらと思う間に、儲けたはずのカネが、数字がどんどん消えていく。逃げ水のごとく淡雪のごとく。残ったのは鏡の中の真っ青になった自分の顔。株なんかで荒稼ぎせずに額に汗して働けなんて言う人がいるけど、汗ならタップリ流しましたよ。冷や汗だけど」

「…………」

「それでね、一つ分かったことがあるんです。これって恋愛状態と全く同じじゃないかって。毎日毎日、パソコンの画面と睨めっこして、数字ばかり気にしていた僕って、恋人からのメールを待って携帯チェックしている携帯ザルと何も変わらないじゃないか。対象が人間じゃなくて数字だっただけ。相手が女性だったら、突然さようならも告げずにいなくなったとしても、虚しさ以外に何か思い出くらいは残るでしょう？　それが何にもないんですよ、相手が数字だと。凄く虚しくなりました。それから、考え方をガラリと変えたんです。どうせ何をやっても虚しいなら、今まで無意味だと思ってきた恋愛にありったけのエネルギーを使い果たすって人生も捨てたもんじゃないなって。それも、どうせやるなら、ちゃちな風船なんかじゃなくて花火がいい。ミサイル並みのでかい打ち上げ花火をドカーンとね。夜空をほんの一瞬彩って、跡形もなく消える。そういう人生もいいかなぁって」

宮本はそう言って自嘲《じちょう》するように口を歪めて笑ったあとで、

「だからね、今夜の投票のときは、落合さんの名前は書かない方がいいと思うんです。他の女性にするか、白紙で出すか」

そんな虫のいいことを言い出した。エリートのエゴ丸だしというところだ。

「他の女性ったって、中根さんは大黒さんとイイ感じだし、児玉さんは、あなたにぞっこんじゃないですか。あなたこそ、いっそ、児玉さんに乗り換えたらどうです？」

そう言ってやると、宮本は眉間《みけん》に皺を寄せた。

「児玉さんは、べつに僕に夢中になってるわけじゃないんですよ。彼女はアニメ、特に『ブラック・ジャック』ファンで、それをもじった僕のハンドルが好きなだけです」

「でも、あの通り明るい人だから、付き合えばきっと楽しいですよ」

「明るい？」

宮本は眉を吊り上げた。

「彼女が明るい人に見えるなんて、あなたの観察眼もお粗末だな」

宮本は冷笑した。

「児玉さんもある意味では、落合さんに負けないくらいの『重い人』です。あの明るさや子供っぽさに惑わされちゃいけない。あの明るさは異様ですよ。彼女はいわゆるネクラです。ネクラって言葉、間違って普及してますよね。本来はね、一見明るくて社交的に見えるけれど、一人になるといつもカミソリを手首にあてて死ぬことばかり考えているような、『根の暗い』人を言うんですよ、ネクラって。児玉さんはまさにそういう人です」

「…………」

「僕、少し後悔してるんですよ。あのとき、あなたを仲間にしようなんて言ってしまったことを」

「どうして？」

「浪速のおば……中根さんが言ったみたいに、僕の目にもあなたが今にもあそこから飛び降りそうに見えたんですよね。ガードレールを乗り越えて。それで、つい同情してしまったんです。でも、もし、落合さんがあなたに興味を示すと分かっていたら」

宮本はそう言って悔しそうに薄い唇をかみしめた。私は自分の耳を疑った。落合愛美が私に興味を示す……？

「まさか。だったら、彼女はどうして白紙で出したんです？　僕に気があるなら、僕の名前を書いたはずだ」

そう言うと、宮本はふんと鼻でわらった。

「読めない人だな。だから、白紙で出したんじゃないですか。僕や大黒さんのことはある程度チャットやメールを通して知っていたけれど、あなたのことはまだ何も知らなかったから。『もっと知りたい』というのは、あなたのことなんですよ。あなたが彼女の名前を書き続けていれば、おそらく最後には彼女はあなたの名前を書くでしょう。だからこそ、言ってるんです。彼女はやめとけって。自分のエゴだけで言ってるんじゃないんですよ。あなたのためを思って言ってるんです。あの人はあなたの手に負える女性じゃない。それが分かっているから警告してるんです。それに、彼女自身も自覚してるみたいだ。彼女のハンドル、知ってますか？」

「いや」

そういえば、聞いてなかった。

「セイレーンっていうんです」

「セイレーン……」

「美しい歌声で誘って船乗りたちを海底に沈めたという伝説の魔女です。こんなハンドルを使うってのは、彼女は自分がそういう魔女だってちゃんと自覚してるからですよ」

＊

宮本俊彦が私を牽制《けんせい》するつもりであんなことを言ったのだとしたら、残念ながら、それは逆効果だったようだ。

確かに、落合愛美に対する私の気持ちは、宮本に見抜かれた通り、最初は、「あわよくば旅先で出会った美女との軽いアバンチュールを」程度のものだった。しかし、三度も恋愛がらみで自殺未遂をしたという彼女の過去を聞かされて、私の心境に大きな変化が起こった。今までの私だったら、そんなやっかいな女とはかかわりたくないと、それこそ尻に帆を掛けて逃げ出していただろう。だが、今度ばかりはそうではなかった。それまで熾火《おきび》のようにちろちろ燃えていた心の火に一気に油が注がれたような状態になってしまったのである。

「彼女とだったら地獄の底まで付き合ってもいい」などと言い切る宮本に猛烈な対抗心みたいなものが頭をもたげてきたということもある。こいつだけには渡したくない、というような。

しかも、宮本の目にも、彼女が私に関心を持っているように見えるという。私の自惚《うぬぼ》れではなかったのだ。あとは押しの一手しかない。私は燃えた。こんな気持ちは久しぶりというか、はじめてといってもよかった。

その夜、夕食のあとに行われた二度めの「投票」で、私は前夜以上に迷うことなく、彼女の名前を紙に書いた。しかし、私たちは今度もカップルになれなかった。愛美はまたもや白紙で出したからだ。ただ、今回は、一組だけカップルが誕生した。大黒源一と中根洋子だった。大黒は、落合愛美に若干の未練を残しながらも、手近なといったら失礼かもしれないが、自分に好意を寄せてくれる年齢の近い中根洋子で手を打ったという感じだった。それでも、いったんカップルになってしまうと、寄り添う二人の様子は、まるで何十年も連れ添った熟年夫婦のように見えてきたから不思議だった。

またもや宮本の名前を書いた児玉みさきは、今回も「振られた」と分かって、さすがに落ち込んでいるようだった。「あたし、次は高野さんにしようかなー」などと口走って、私を内心慌てさせた。

一夜明けて、晦日になった。今夜こそという意気込みをありありと見せて、宮本は朝から落合愛美にまとわりついていた。私ももう遠慮はしなかった。見栄も何もかなぐり捨てて、猛然とアタックを開始した。ただ、昨日まで宮本にへばりついていた児玉みさきの姿が見えない。そういえば、朝食にも出てこなかった。二度も振られて、宮本を追いかけるのをあきらめたのかもしれなかった。

それにしても、落合愛美の態度は煮え切らなかった。二人の男の間で微妙に揺れ動いているという感じだった。気持ちは私の方に向いているような気がしたが、ライバルは、なんといっても東大出のエリートだ。結婚まで考えたら、失業中の私の方が圧倒的に歩が悪い。

ところが……。

昼頃になって、思いもかけなかったアクシデントが起こって、形勢が逆転した。部屋に閉じこもっていた児玉みさきがカミソリで手首を切って自殺を図ったのである。さいわい、発見が早かったのと、手首の傷が浅かったので、大事には至らなかったが、この事件が宮本に大きな動揺を与えたようだった。というのも、みさきの衝動的な自殺（おそらく狂言だろうが）の動機が宮本に二度も振られたせいだと分かったからだ。彼の言う通り、児玉みさきは外見ほど「明るい」性格ではないようだった。ちらっと見て驚いたのだが、彼女の枯れ枝のような細い手首には、無数の古い切り傷がついていた。

このみさきの「自殺未遂」は私にとってはラッキーだった。ここまでやるみさきの情にほだされたのか、宮本がついに落合愛美争奪戦から手を引くことを表明したのである。その夜、二組めのカップルがめでたく誕生した。宮本俊彦と児玉みさきだった。でも、結局、私と落合愛美はまたカップルになりそこねた。彼女は今度も白紙で出したのだ。

その夜、宮本が部屋に訪ねてきた。

「きみには負けたよ」

もうライバルではなくなったせいか、彼の物言いには私に対する敵意のようなものは消えて、言葉遣いもくだけて友達に話すような感じになっていた。

「まだ分からないじゃないか。彼女はまた白紙だった。最後まで誰も選ばないつもりなのかもしれない」

つい弱気になって、そう愚痴ると、

「違うね。最後にはきみを選ぶさ。過去に失敗してるから慎重になっているだけだよ。きみの気持ちが本物かどうか見極めようとしているのさ。問題はむしろきみの方だ。本当に覚悟はできているんだろうな？」

彼は私の目の奥をじっと覗き込むように見た。私は目をそらさず、「覚悟ならできている」と答えた。本心だった。もう遊び半分じゃない。もし、明日の夜、彼女が私を選んでくれたら、これからも、彼女とは真面目に付き合うつもりでいた。今同棲している女のマンションは出て、安いアパートでも借り、なんでもいいから仕事を見つけよう。先の見通しがついたら、そのときは……。そう決心していた。

「もう一度言うが、彼女は魔女だよ。きみはたぶん……破滅する。それでもいいんだね？」

宮本はまだどこかに悔しさが残っていたのか、またもやそんなことを言って私を脅かしたが、私はびくともしなかった。

「魅力的な女性というのは、男を惑わすという点ではみんな魔女じゃないか。そんなのを怖がっていたら、恋愛なんて一生できないよ」

「なるほど。それは一理ある。どうやら、その顔からすると本気みたいだね。分かった。これ以上は何も言わないよ。せいぜい頑張れよ」

宮本は苦笑しながら言うと、

「あ、それからさ。きみは僕をエリートって思ってる？」

突然そう訊いた。

「まあ、そりゃ。だって、きみは東……」

「東大出だから？　あんなの真に受けちゃった？　実は、トウダイはトウダイでも御前《おまえ》崎《ざき》……」

「え？　そうだったのか」

「はは。またすぐ真に受ける。今のはダサいオヤジギャグ。東大は確かに出たよ。一度は某大手企業に就職したんだけど、一年くらいで体調崩して辞めちゃったんだ。サラリーマンって性格的に合わなくてさ。それからは、コンピュータの知識はソコソコあるんで、他人のホームページ作ってやったり、たいして金にもならないソフト作ったり、前に話したような株とか外貨の利鞘《りざや》稼ぎとかで食いつないできただけ。親は公立高校の教師で、特に裕福な家で育ったわけでもない。庶民の子で、今も庶民さ。僕はエリートなんかじゃない。ついでに言っておくと、東大なんか出たくらいでエリートにはなれないよ。僕の言うエリートって、よく訓練された毛並みの良い牧羊犬って意味だけどね。僕はその牧羊犬の蚤《のみ》にすらなれなかった落ちこぼれさ。きみと何も変わらないよ」

宮本は、意外に素直な口調でそう打ち明けると、私の肩を一つ叩いて、立ち去ろうとした。私は、彼の告白を聞いて、それまで彼に抱いていた謂《いわ》れのないコンプレックスのようなものがたちまち消えて、彼を身近な友人のように感じた。彼ともっと膝をまじえて話したくなった。そこで、部屋で一杯やっていかないかと誘ってみたが、彼は、意味ありげにウインクすると、「野暮なこと言うなよ。部屋でみさきちゃんが待っているんだから」と言い残して出て行った。

何が「最後の打ち上げ花火」だ。なんのかんのいって、もう他の女に乗り換えてるんじゃないか。私は拍子抜けした思いで、宮本俊彦の後ろ姿を見送った。

＊

ついに大晦日がきた。

大黒源一と中根洋子はもはや人目もはばからず、朝っぱらから、二人だけの世界に浸っていた。宮本俊彦と児玉みさきの二人はもっと凄くて、昼が過ぎても部屋に閉じこもったまま出てこようともしない。もっとも、そのおかげで、私はようやく落合愛美と二人きりでゆっくり話す時間が持てたわけだが。

前に宮本と歩いた散歩道を、私は愛美と肩を並べて歩きながら、自分の過去を洗いざらい打ち明けた。もう何も隠したりごまかしたりはしなかった。女のマンションで同棲していたことも、本当はその女と過ごすつもりでここにやってきたことも。愛美は私の告白を聞いても、さほど驚いた様子はなかった。薄々感づいていたようだった。むしろ、私がそれを打ち明けてくれたことを喜んでいるようにも見えた。

すべてを話したあとで、女とは別れて出直すつもりでいると私は言った。愛美も自分の過去を洗いざらい話してくれた。それは宮本が話してくれた通りだった。

「わたし……夢中になると、もうその人しか見えなくなるんです。そういう女なんです。それでもいいですか？」

愛美は私の目をじっと見つめたまま訊ねた。私は、目をそらさずに「それでもいい」と答えた。私たちはあとは無言で肩を並べて歩くだけだった。もう何も話すことはなかった。

夕食後、最後の「審判」のときがきた。そして、ついに運命の女神は私に微笑んでくれた。落合愛美はとうとう私の名前を書いてくれたのだ。

その夜は……なんというか、幼稚な言い草ではあるが、天国にいるようだったとしか表現のしようがない。彼女は楚々《そそ》とした風情とはまるで別人のように情熱的だった。一九〇〇年代最後の夜は、私にとって特筆すべき夜となったのである。

永遠に続くかと思った夜が明けて……。

元旦は快晴だった。私の心を映したような清々しい朝だった。二〇〇〇年の朝を私は生まれ変わったような気分で迎えた。ような、ではない。本当に生まれ変わったのだ。自分の中に自信のようなものがみなぎっているのを感じた。何でもできる。彼女がいてくれるなら、どんな辛い仕事でも耐えられる。そんな気がした。

朝食までまだ少し間があったので、先に帰り支度を済ませることにした。朝食後、オーナーが例のワゴンで駅まで送ってくれる手筈になっていた。

ボストンバッグに衣類をしまっていると、愛美が、「これ、読んでください」と言って、手紙のようなものを私に差し出した。「今?」と訊くと、彼女は深く頷いた。そういえば、明け方、彼女は一足先に起き出して、机に向かって何か書いていたのを思い出した。

私は、何だろうと思いながら、折り畳まれた便箋《びんせん》を開いた。

「実はまだあなたにお話ししていない大切なことがあります。昨日のうちに話さなければと思いながらも、どうしても話せませんでした。口ではとても言えそうもないので、こうして手紙に書くことにしました。

何から書いたらよいのか迷うのですが、私が宮本さんのホームページにアクセスした理由から書きましょう。ネットサーフをしていて偶然見つけたわけではないのです。

『自殺』という単語で検索をしたら、その中に彼のホームページがあったのです。宮本さんは学生時代から周期的に襲ってくる鬱病に悩まされていて、何度か自殺未遂を繰り返してきたそうです。彼のホームページには、それまでの『自殺日記』ともいうべきものが克明に記されていたのです。私はそれを読んで魅せられました。私もまた死にとりつかれていたからです。いいえ、私だけではありません。大黒さんも中根さんも児玉さんも、そして、この宿のオーナーの松原さんも、みな同じ理由で宮本さんのホームページにアクセスしていたのです……」

落合愛美の手紙はそんな衝撃的な書き出しではじまっていた。

*

この宿もこれで見納めか。

良い雰囲気の宿だったのに廃業とは残念だな、と宿の方を振り返りながら、私はある種の感慨に耽《ふけ》った。

落合愛美と一緒にワゴンに乗り込もうとすると、オーナーの松原に呼び止められた。

「落合さんから話は聞きました。よく考えたんですか？　今からでも遅くはありません。考え直す気はありませんか？」

松原はやや強張った顔で念を押すように訊ねた。

「ありません」

私はきっぱりと答えた。

なぜこちらを選んだのか。自分でもその理由は分からない。ただ、彼女の手紙を読み終わったあと、不思議にさほど迷うことなくこちらを選んだ。一人で帰るのではなく、落合愛美と共にいる方を。

松原は、まだ何か言いたげな表情で私の顔を数秒見ていたが、すべてを了解したように頷いた。

　やがて、泊まり客が全員乗り込み、最後にオーナー夫人が乗り込んできた。そして、寄り添うように夫の隣に座った。

　誰もが無口だった。行きはばらばらに座っていた六人が、帰りは、それぞれカップルになっていた。寄り添い互いの手を握り合っている。まるで最初から夫婦か恋人同士だったように。

　大黒源一。愛美の手紙によると、何十億という負債を抱え、資金繰りに行きづまったあげくに、会社を受け取り先にした五億の保険金と自らの命を引き換えにしようとしている中年男。

　その中年男がしっかりと握っているのは、あの阪神淡路大震災で夫と三人の子供をいっぺんになくし、今もなおその精神的後遺症に苦しむ中根洋子という中年女性の手だった。そして、いかなる治療、いかなる種類の薬を呑んでも治らない鬱病に長年悩まされ続けたという宮本俊彦は、アルコール依存症の両親に育てられた自殺マニアの児玉みさきの手をしっかりと握っていた。

さらに、運転席と助手席には、脱サラして多額の借金を重ねてはじめた民宿をついに廃業する決意をした男とその妻がいた。夫婦がかけた保険金の受け取り人は、夫人の実家に預けてあるまだ幼い二人の子供たちだということだった。

みな、最後の夜を愛する人と共に過ごせて、それなりに幸せそうだった。

私も隣の愛美と身体を寄せ合い、しっかりと手を握り合っていた。彼女の手は小さくとても温かかった。

死神にとりつかれてしまった五人の男女。誰も一人では死ねなかった。そこで、彼女が最初に思いついたのだという。みんなで死ねば怖くないんじゃないかと。けっして「心中」には見えない方法でみんなで旅立とうと。最初に持ちかけたのは愛美だったが、その話にいち早く乗って、詳しいシナリオを書いたのは宮本だったそうだ。宮本が言っていた「最後の打ち上げ花火」とはこういう意味だったのだ。

この世に「心中相手」を探すためだけに生まれてきたといっても過言ではない女。そんな「魔女」の虜になってしまった私。

誰もが後に残される家族や友人たちの気持ちを思いやる余裕を持っていた。「事故」

に見せかけることは、保険会社に保険金を全額支払わせるためでもあった。自ら決めた命の値段をびた一文まけるわけにはいかなかったのだ。

それにしても不可解なのは、なぜ人は、自分の身内や友人が、いや、そんなに親しくない人でも、少し面識があったというだけの人でも、自殺したと聞かされるとあんなにショックを受けるのだろうか。

事故死や病死と聞かされたとき以上の、時には殺害されたと聞かされたとき以上の、あの衝撃の正体は一体何だろう。

その人のために何もできなかった自分への自責の念だろうか。それとも、その人が自らの意志で去って行った世界に今もなお生き続けている自分への懐疑の念だろうか。

私には分からない。ただ、一つ、願っているのは、私の両親にも友人にも知人にも、かつて恋人だった彼女にも、私と少しでもかかわった人たちすべてに、こんなやり切れない想いを味わって欲しくはないということだった。

私たちは死神にとりつかれたただの愚か者だ。そんな私たちの真似をする愚か者たちをこれ以上出さないためにも、これは「事故」でなければならなかった。

あいつは旅先で「事故」に巻き込まれて死んだ。不運な奴だった。もっと生きていたかっただろうに。ただ、それだけを哀れんで嘆いて、やがて忘れて欲しかった。

ワゴンはゆっくりと発車した。

寸前にひるむ場合を懸念して、ブレーキは最初から利かなくしてあるそうだ。あの途中の曲がりくねった山中の道をブレーキをかけずに運転するのは難しいだろう。松原がつけたカーステレオから最近人気沸騰中の若い女性歌手の歌声が流れてきた。

それは、私たちを谷底へと誘う、セイレーンの歌声のように澄みきっていた。

蒸発

第一日め

あまりの静けさに目が覚めた。

ふだんは、目覚ましのベル以上にけたたましいおふくろの声で叩き起こされるのに、今日はそれがない。妙に静かだ。静かすぎて、脳が本能的に異変を感じとったのかもしれない。それに、軽いめまいと喉の渇きと尿意も感じていた。典型的な二日酔いの症状だ。ベッドのそばの床には、空のウイスキーの小瓶が転がっていた。

覚えていないが、たぶん、俺が飲み干したんだろう。

腕時計を見ると、正午を過ぎている。おふくろが起こしに来ないというのは、今日は日曜か祝日かな、と思いながら、ベッドから起き上がった。とにかく、「生理的欲求」を済ませよう。もう一眠りするかどうかはそれから考えるとして。

俺はパジャマ姿（パジャマに着替えたのも覚えていない）で、部屋を出た。階段を下りて、まずトイレに行き、すっきりした気分になってから、台所の冷蔵庫からペットボトルを取り出した。おフランス製の水を飲みながら、なんとなく変な気分になった。食卓には、昼食の用意がしてあった。三人分の茶碗や箸が出ているところを見ると、親父も家にいるんだろう。栓を抜いたビール瓶と中身の入ったグラスもある。てことは、やっぱり、今日は休日か。親父は勤め人だから、休日でもなければ、こんな時間に家にいるはずがない。

それにしては静かだ。家の中は無人のように静まりかえっている。テレビの音も話し声もしない。家にはもう一人、八十過ぎの祖父《じい》ちゃんがいるが、五年ほど前から、殆ど寝たきりの状態になっていて、おふくろが面倒を見ている。食事もたいてい部屋でとっていた。

ペットボトルの水を飲み切った頃、少しは、頭がシャンとしてきたのか、俺は、さらに奇妙なことに気が付いた。台所の壁にかかった日めくり型のカレンダーが、昨日の日付になったままだ。しかも、今日は月曜で、祝日でもないのを思い出した。それと、昼食だと思っていた食卓の上の料理に見覚えがある。これは昨夜の晩飯のメニューそのままだ。天麩羅《てんぷら》がメインで、あとは、酢の物と漬物と、親父のビールのつまみの枝豆……。

ん？

頭に？マークが幾つも浮かび始めた。平日なのに、あの勤勉を絵に描いたような親父が会社にも行かず、昼からビールを飲んでいて、料理好きなおふくろが、昨夜の晩飯の残りを昼食に出す……？

ありえないことだ。

おまけに、昼を過ぎても、「目覚まし」役のおふくろが俺を起こしに来ない。さるぐつわでも噛ませて縛り上げない限り、機械よりも正確なおふくろが「目覚まし」役を忘れるはずがない。これもただ事ではない。

俺は少し慌てて、家の中を捜しまわった。眠気も二日酔いもぶっとんでいた。うんざりするほど平和なわが家に、何かが起きたとしか思えない。

一階から二階まで、部屋という部屋、物置や押し入れまで捜したが、おふくろも親父もいなかった。まさか、二人が、揃ってハンガーにぶら下がっていると思ったわけではないが、衣装戸棚の中も一応捜してみた。

勿論いなかった。

もっと、びっくり仰天したのは、親だけでなく、寝たきりの祖父ちゃんまでいなくなっていたことだ。祖父ちゃんの万年床にはついさっきまで寝ていたような跡があった。敷き布団にはくぼみがあり、掛け布団がめくれている。

両親だけ不在なら、何か急用があって、二人で出かけたと考えられなくもないが、杖をついて、家の中や庭先を徘徊《はいかい》するのがやっとの祖父ちゃんまで一緒に外出したとは思えない。祖父ちゃんが外に出るには車椅子が必要だ。その車椅子は残っていた。

玄関に行ってみると、親父の革靴やおふくろのサンダルがそのままになっていた。玄関ドアには内鍵が掛けられていた。パジャマのまま、外に出て、ガレージに行ってみた。親父の車があった。どう考えても、三人とも出かけたようには見えない。まるで「消えて」しまったようだ。

どうなっているんだ。

俺は首をかしげたまま、台所に戻ってくると、椅子に座って、食卓の上の枝豆をつまんで食いながら、親父の飲み残しのビールを飲みはじめた。そのうち、昨夜あった事を徐々に思い出してきた。

ああ、そういえば、昨夜、晩飯の最中に、親父と喧嘩したんだっけ。親との口喧嘩は珍しくはなかったが、昨夜のは、合戦に譬《たと》えれば、「天下分け目の関ヶ原」に匹敵するほどの、わが家の喧嘩史上に残る大喧嘩だった。暴力こそ振るわなかったが、途中で祖父ちゃんが出て来なかったら、どちらかが手を出していたかもしれない。流血騒ぎにもなりかねない、それほどの大喧嘩だった。

喧嘩の原因は、俺が一カ月以上も予備校をさぼって、家でゲームをしたり、外で遊び歩いているというのを親父が知ったせいだった。おふくろはとうに知っていたが、今まで親父に黙っていたのだ。それをついに話してしまったのか、他から聞いたのか、親父は、ビールを飲みながら、最初は、「俺が毎日毎日、朝から晩まで身を粉にして働いているというのに、おまえときたら……」と愚痴めいた口調で始まり、黙って聞いていたら、「おまえに一浪させるために一郎という名前をつけたんじゃない」と口を歪めてあざ笑うように言ったので、俺もついカッとなって、「毎日毎日身を粉にして働いているわりには、いっこうに出世しないのは、一平っていうアンタの名前のせいじゃないのか。一生働いてもヒラのまんま、なんてね」と言い返したら、親父は血相を変えて、「親に向かって、アンタとは何だ、アンタとは」と、テーブルを拳で叩いてどなった。

「じゃ、何て呼べばいいんだよ。一平クン」

「なんだとぉ」

こんな調子で、互いにエスカレートしてきて、ついに、親父は、「もういい。おまえのような穀潰しをこれ以上養う気はない。この家から出て行け！」

そうどなりつけた。

「ああ、いつでも出て行ってやるよ、こんなボロ家」

その時、俺たちの大声を聞きつけて、祖父ちゃんが寝床から這い出してきた。俺は、小さい頃から、両親よりも、この父方の祖父に懐いていて、祖父ちゃんも俺をとても可愛がってくれた。だから、この時も、てっきり、祖父ちゃんは俺の味方になってくれるために、杖にすがって登場してくれたのかと期待していたら、意に反して、祖父ちゃんは、「一郎が悪い。親に対してなんて口のききようだ。おまえがそんな大口を叩くのは百年早い。一平に謝れ。土下座して謝れ」と、珍しく親父の肩をもった。俺は裏切られたような気がして、完全に切れてしまった。頭が真っ白になって、「謝れ」合唱を続けている三人に向かって、「うるさい。みんな、消えちまえ！」と叫んだ。

この後の事は覚えていない。おそらく、二階の自分の部屋にこもって、ウイスキーをあおっているうちに酔って寝てしまったのだろう。

そして、翌朝、目が覚めたら、親父もおふくろも祖父ちゃんも消えていた……。

第二日め

午後、親父の会社から電話があって、「二日も無断欠勤が続いているが、何かあったのか」というようなことを訊かれた。俺はうろたえて、咄嗟に「チョット病気で」と答えてしまったが、もはや、これはどう考えても、尋常ではない。あの親父が有給休暇を取ったならまだしも、無断欠勤なんて。俺が眠っている間に一体何が起こったのか。推理してみた。

一、三人が揃って「旅行」に出かけた。これは無理がありすぎる。却下。

二、夜中に何者かが押し入って、三人を拉致《らち》して行った。それにしては、家の中は全く荒らされてないし、盗まれた物もない。玄関も勝手口も内鍵が掛かったままになっていた。他人が押し入ったような痕跡はない。それに、百万一歩譲って、三人が拉致されたとしたら、何で俺だけ残していったのか。拉致の理由もまるで思い当たらない。これも却下だ。

三つめは……。

これはあまり考えたくないのだが、俺自身が三人をどうにかした。どうにかとは、たとえば、家族を次々と刺し殺すなり殴り殺すなりして、死体を始末してしまったとか。酔っ払った後の記憶があまりないのは、何か思い出したくない不始末をしでかしたのではないか。心神喪失状態というやつだ。この可能性が今のところ一番高い。死体を庭に埋めたか、外に運び出して、どこかに捨てたとしたら……。

ただ、そのわりには、家の中が整然としすぎている。血の一滴すら落ちていない。庭も土を掘り返したような痕跡は全くない。そもそも、こんな狭い庭に三人もの死体を埋めるのは不可能に近い。どこかに捨てに行ったとしても、それなら、今頃、死体が見つかって、ニュースになっているはずだ。決定的なのは、風呂場のタイルが奇麗に乾いているという点だ。もし、これだけの「凶行」を行っていたとしたら、汚れを落とすためにシャワーを浴びたはずだ。それに、両親の寝室には布団が敷かれていなかった。眠っている親を襲ったのでなければ、もっと、「凶行」の跡が生々しく残っているはずである。まさか、布団にくるんでと思って、押し入れの中を、もう一度見てみたが、布団類以外は何もなかった。

三人も殺して、たった一晩で、これだけ奇麗に家の中を片付けるというのは現実的ではない。その上、それだけの行為をしておきながら、こんなに奇麗サッパリ忘れてしまうというのも。

これも却下……と思いたい。

警察へ行って、捜索願でも出そうかと考えたが、どうも気が進まない。話が非現実的すぎるし、下手をすると、三番めの可能性を疑われかねない。

ま、これ以上、家族がいなくなった理由を考えてもしょうがない。これは、昔話にあるような「神隠し」の類いかもしれない。そう思うことにした。「神隠し」だとすれば、忽然といなくなったように、ある日、忽然と戻ってくるだろう。

家族がいなくなっても、すぐに困るわけではない。預金通帳もカードもあるし、親父の背広の懐からは数万入った財布が見つかったし、おふくろの財布もある。祖父ちゃんが骨董《こっとう》の壺《つぼ》の中に隠していたへそくり（お年玉を貰うとき、そこから出したのを見ていた）は、けっこうな大金だった。

冷蔵庫には、冷凍食品や食料が保存されていたし、当分は、金にも食料にも不自由はしない。むしろ、口うるさいおふくろがいなくなって、せいせいした気分になった。

誰もいなくなった家で、好きに起きて寝て食う。考えてみれば、天国じゃないか。アパートを借りて、一人暮らしをはじめるよりも、はるかに楽ちんで快適な生活環境だ。

初日こそ、「家族の蒸発」にうろたえ慌てたが、二日めになると、この異常事態に早くも順応しはじめていた。

自分の部屋でゲームに熱中していると、隣の家から、バンバンと耳障りな音が聞こえてきた。窓を開けてみると、隣の家の主婦が、ベランダの手摺りに干した布団をテニスのラケットで、これでもかというように物凄い勢いで叩いていた。この音にはいつもイライラさせられていた。

しかも、この主婦は、わが家のそばにあるゴミ出し場のあたりで、毎日のように近所の主婦と長々と立ち話をしていて、たまに俺がそばを通ると、軽く会釈《えしゃく》しても無視する嫌な女だった。そういえば、昨夜、親父と口論していた時、「近所の噂では」とか「世間の手前」とかしきりに言っていた。ひょっとすると、親父に俺が予備校にも行かずに遊んでいるのを告げ口したのはこいつかもしれない。

この主婦にも俺くらいの息子がいて、これが、某有名私立大学の法学部に一発で合格したと自慢げに吹聴していた。

「おまえも消えちまえ。糞《くそ》ババア」

俺はそっと呟いた。

すると、驚くべき現象が起きた。ベランダでラケットを持って立っていた主婦が一瞬にして消えてしまったのである。

え？

俺は目を剝《む》いた。

消えた？

まさか。

消えたように見えたが、布団を気が済むまで叩き終わって、中に引っ込んだだけなんだろう。それにしても、忍者の末裔《まつえい》かと思うような素早い引っ込み方だ。

夕方になって、俄《にわか》に空模様が怪しくなり、雷が鳴りはじめた。そのうち、大雨が音をたてて降ってきた。雨は一時間ほど降り続いて、ようやく止んだ。窓の外を見てみると、隣の家のベランダの手摺りには、びしょ濡れの布団が干されたままになっていた……。

第三日め

昼過ぎ、近くのコンビニで雑誌とスナック菓子でも買って来ようと外に出た。ゴミ出し場のあたりで、二人の主婦らしき中年女が話しこんでいた。毎日、よくまあ、話すネタがあるもんだ。常連の隣の主婦はいなかった。一人が俺の方を見て、犯罪者でも見るような目付きでジロリと見た。もう一人は、ちゃんと餌をやっているのかと問い詰めたくなるような痩せこけた小さなチワワを連れていた。

挨拶もせずに通りすぎながら、この二人は、俺がコンビニで用を足して帰ってきても、まだここにいるんだろうなと考えると憂鬱になって、「おまえらも消えちまいな」と声には出さないで唱えた。後ろを振り返ってみると、二人は消えていた。チワワだけが舌を出して微かに震えながら座っていた。チワワというのは、いつ見ても、なぜか小刻みに震えているのが多い。そんなにこの世が寒いのか怖いのか。

二人が消えたのには、さほど驚かなかった。なぜこういう現象が起こるのかサッパリ分からないのだが、俺が、「消えろ」と言った人間は消えてしまうらしいのだ。ようやくそれに気が付いた。

俺は何かの作用で、超能力にでも恵まれたのか、それとも、これは全部夢の中の出来事で、そのうち、おふくろのけたたましい声で目が覚めるのか。夢と分かっていて見ている夢だって気もした。夢なら何が起こっても不思議ではない。

夢の中でいちいち驚くのも馬鹿馬鹿しいので、覚めるまで、この能力を大いに発揮して楽しもうと決めた。

気に食わない奴、前から嫌いだった奴らを片っ端から「消して」やる。

コンビニの前にある横断歩道まで来たら、信号が赤に変わろうとしていた。俺は止まらず、そのまま歩道を渡ろうとした。すると、向こうから、いかにも頭の悪そうな若い男が、思いきり両足を開いたがに股でミニバイクに乗って、猛スピードでやってきた。

そいつが、俺に向かって、「どけ。馬鹿野郎」と罵《ののし》って、唾《つば》を吐きかけた。信号を無視したこちらも多少は非があるが、バイクの方も、人が渡っているのが見えているんだから、もう少しスピードを落とすのが礼儀ってもんだろう。

思わずムカッとして、「消えろ。馬鹿野郎」と言い返すと、バイク男は一瞬にして消えた。消えた後が凄かった。無人のミニバイクはしばらく走り続け、横倒しになったかと思うと、後方から来た車がそれに追突して、さらに次の車が……。

目の前で、ドンガラガッシャンの玉突き事故が起こったのだ。ミニバイクは車に轢《ひ》かれてペチャンコになっていた。俺は、しばらく見物してから、コンビニに入った。コンビニには誰もいなかった。店員も客も、表の事故に驚いて見に行ったようだ。読みたい雑誌とスナック菓子を手に取ると、カウンターに行って、「すみませーん」と声をかけたが、誰も出てこない。待っているのも面倒になって、品物を手にしたままコンビニから出ようとした。そのとき、店長が足早に戻ってきて、「おい」と俺の腕をつかんだ。

「きみ、万引きしようとしただろう」

「違いますよ。レジの所で声かけたけど、誰も出てこないから……」

「だからといって、商品を無断で持ち出していいのか」

「だったら、職場放棄して、客、待たせるなよ」

「奥に来てもらおうか」

店長は俺の腕をつかんだまま、中に連れて行こうとした。

「放せよ」

「だから、奥で話すんだ」

俺は腕を振り払おうとした。だが、店長は爪をたてるようにして腕をつかんでいる。

「ごちゃごちゃ話す」より「消した」方が早いなと思って、「消えろ」と言うと、店長はアッサリ消えた。消えなかったのは、腕につけられた爪痕だけだった。

雑誌を小脇に抱え、スナック菓子を食いながら出てくると、物々しいサイレンの音と共にパトカーが到着していた。警官に事故の原因が分かるのかなぁと思いながら、やじ馬の一人に、「何があったんですか」と訊いてみたら、「どうやら停めてあったミニバイクに車が衝突したらしくて。バイクの持ち主を捜しているみたいですね」という返事が返ってきた。

俺は笑いをこらえながら、家に帰ってきた。途中、ゴミ出し場の所で、さっきのチワワが震えながら、いなくなった飼い主を呼ぶように哀れな声で鳴いていた。

俺はチワワにスナック菓子を少し分けてやった。

久々に清々しい心もちだった。

第四日め

「……一郎、起きろ」

誰かに揺さぶられて目が覚めた。

ああ、やっぱり夢だったのか。けだるく思いながら目を開けると、俺の顔をのぞき込んでいた祖父ちゃんと目が合った。

「昼過ぎだぞ。いつまで寝てるんだ」

「おふくろは……？」

「おらん」

買い物にでも出かけているのか。しかし、「目覚まし」役が祖父ちゃんとは珍しい。まさか、夢から覚めたように見せかけて、実はまだ夢の中じゃないだろうな。

「早く起きろ。ボクもそうのんびりはしてられないんだ。時間がない。そのままの格好でいいから下に来い」

ボク？

祖父ちゃんはそう言うと、部屋から出て行った。

俺はベッドから起き上がりながら、あれ？　と思った。祖父ちゃんが若返っている。

寝たきりになる前に戻ったみたいだ。杖もついていないし、動作もキビキビしていた。いつもは、白髪をザンバラに振り乱し、前がはだけた浴衣姿で、杖をついてヨロヨロしていたのに。髪は白髪だったが、馬油だかポマードで撫でつけてオールバックに決めていた。

祖父ちゃんがガクッと老け込んだのは、八年前に祖母《ばあ》ちゃんが病死してからだ。それまでは、七十歳代には見えないほど若くダンディだった。祖母ちゃんも、若い頃の写真を見ると、なかなかの美人だったようだ。親の反対を押し切って駆け落ちまでして一緒になったそうだ。そのせいか、薄気味悪いほど仲が良くて、二人でよく散歩をしたり、旅行したり、芝居や映画を観に行っていた。それが、祖母ちゃんが亡くなると、祖父ちゃんは外に出なくなった。脳梗塞《のうこうそく》を患ったせいもあるが、全く外に出なくなったためか、足腰が弱って、次第に寝たきりの生活になってしまった。

パジャマのまま、下に行くと、「一郎。こっちだ」と祖父ちゃんの部屋の方から声がした。

部屋に行って、ひえっと驚いた。万年床は片付けられて、祖母ちゃんの形見の三面鏡の前で、祖父ちゃんは全身純白のスーツに着替えて、ポーズを取っていた。

「な、なんだよ。その格好」

「似合うじゃろ。昔のだから、型はちと古いがね」

振り向いた祖父ちゃんの顔は、口紅や頬紅まで塗りたくっているんじゃないかと思うほど、色艶《いろつや》が良かった。

「大丈夫？」

「何が？」

頭が、と言いかけて、

「寝てなくても……」

「寝る？　なんで病気でもないのに昼間から寝てなきゃならんのだ。わしゃ、いや、ボクはおまえのような怠け者じゃないぞ」

祖父ちゃんはそう言って、何か歌を口ずさみながら、軽快な足取りでステップを踏んだ。

「見よ。『雨に唄えば』の名シーンだ」

六畳の和室を所せましと踊りまくった。

やっぱり、まだ夢を見ているのかな……。

「あ、あんまり動きまわると、ギックリ腰になるよ。おふくろは？」

「おらんよ」

「買い物？」

「いや。ここにはおらんって意味だ」

「え？」

「それについて重大な話がある。そこに座れ」

俺は祖父ちゃんと面と向かって座った。

「茶の一杯もふるまってやりたいが、なにせ、時間がないので、このまま話を続ける」

祖父ちゃんは腕時計を見ながら言った。

「時間がないって……？」

「途中下車して、ここに立ち寄ったんだ。おそらく、おまえがここにいるだろうと思ってな」

「途中下車？」

俺の頭がおかしくなったのか、祖父ちゃんが本格的にボケはじめたのか。

「結論から言うと、ボクは昨日死んだんだよ。で、あの世に向かう途中で、おまえに会いに立ち寄ったというわけだ」

「死んだって……ここはあの世？」

夢ではなくて、あの世なのか。

「人の話をよく聞きなさい。あの世に向かう途中と言ったのだ。ここはあの世ではない。この世でもないが」

「じゃ、どこなんだよ？」

「ボクは個人的には、『その世』と呼んでいる」

「…………」

「この世とは、おまえとボクが今までいた世界。現世とか言う者もいる。一平たちが今いる世界だ。あの世とは、これからボクが行く楽しい世界。最愛のわが妻、和歌子がいる世界だ。そして、『その世』とは、世間的に認知されてはいないが、この世とあの世のはざまにある、いわば、洋服の隠しポケットみたいな世界だ。おまえが一平と喧嘩をして『蒸発』してから」

「ちょ、ちょっと待ってよ。俺は『蒸発』なんかしてない。『蒸発』したのは親父たちの方じゃないか」

「興奮する気持ちは分かるが、唾を飛ばすな。冷静に話そう。いいな？」

「うん」

「おまえの主観ではそう見えるだろうが、一平たちは、おまえの方が蒸発したと思っている。一平に『出て行け』と言われた日の翌朝、おまえは部屋からいなくなったんだ。一平たちは、おまえが夜中に家出したと考えているようだが、それにしては、私物を何一つ持ち出していない。まるで蒸発したかのような不可解な状況から判断して、ボクはピンときたんだよ。おまえはここに飛ばされてきたんだなと」

「…………」

「というのも、ボクもおまえくらいの歳に全く同じ経験をしたからだ。父が知り合いの娘との縁談を無理やり押し付けてきた時だ。ボクにはもう決めた人がいると言って断った。むろん、和歌子のことだ。当時、和歌子はうちで女中奉公……いや、メイドさんをしていたんだ。それで父と大喧嘩になって、父から『親の意見に従えない奴は家から出て行け』とどなられ、ボクもつい頭に血が上って、おまえが一平に言い返したような罰当たりな言葉を口にしたんだ。そうしたら、翌朝、目が覚めたら、家の中にはボク以外誰もいなくなっていた。和歌子までいなくなっていたんだ」

「で、どうしたの？」

「十日ほどいたかな。誰もいない家に。ある朝、目が覚めたら、元に戻っていた」

「元にって？」

「父や母や兄弟のいる家にだ。その時は『家出人』扱いされたがね。で、その後、本当に家を出て、和歌子と所帯をもったんだ。だが、それもつかの間の幸せ、やがて、召集令状が来て……」

もう何度も聞かされた戦争の体験談をはじめようとするのを遮って、

「どうやって元に戻れたの？」

「わが隊がビルマ（ミャンマー）の奥地で全滅しかけた時、幸運にも」

「戦争の話じゃなくて」

「お？　ああ、そうか。それはだな。推測だが、ボクを元の世界、すなわち、『この世』に呼び戻してくれたのは和歌子だと思う。夢の中であれの声を聞いた。必死にボクを捜し求める声を。あの声を聞いた直後、ボクは元に戻れたんだよ」

「自分の意志で戻るわけにはいかないの？」

「どうかな。十日しかいなかったから、『その世』については、ボクも詳しくは知らないが、『戻りたいと思ったら戻れる』というほど甘い世界ではないようだ。おまえだって、ここに来ようと思って来たわけじゃあるまい。何かの力が働いて、ここに飛ばされてきたのだ。ならば、戻る時も同じだろうて。『この世』だろうが『その世』だろうが、何でも自分の思い通りになるほど、世の中とはそんなに甘いもんではない」

「………………」

「ただ、ここにいた時、親兄弟はどうでもよかったが、和歌子には会いたくてたまらず、ボクの方もあれのことばかり考えていた。つまるところ、住む世界を越えて、互いを求め合う気持ちが一つになった結果、『この世』に戻れたのかもしれん。ようは、おまえだけの力ではどうにもならんて話よ。他者との魂の共鳴がなくてはならない。『この世』にいる誰かが、おまえを必死に捜し求めていれば、おまえは元に戻れるだろう。おまえにはそういう女がいるか？」

「……片想いならいたけど」

「片想いじゃ駄目だ。両想いでなけりゃ。何も女じゃなくてもいい。友人でも家族でも誰でもいいんだ。おまえを本気で必要としていて、おまえの『蒸発』を心底嘆いている者さえいればな。愛だ恋だ友情だと抽象的な言葉をいくら並べてみても、意味はない。その本質は『必要』だ。誰が誰を必要としているか。あとは、おまえもその者と同じくらいの気持ちを相手に対して持っていれば、おそらく、元に戻れる」

祖父ちゃんはそれだけ早口で言うと、立ち上がった。

「おっと、もうこんな時間だ。最終便に乗り遅れる。ボクはもう行くぞ。じゃあ、達者でな」

と、マジシャンみたいな派手な格好のまま出て行こうとした。

「行くってどこへ？」

「たわけ者。さっきから言っておるだろうが。あの世だと」

「やだよ。祖父ちゃん、どこにも行かないでよ。ここにいてくれよ」

俺は思わず涙声になった。寝たきりの祖父ちゃんなら、世話が大変だから、そんなに引き留める気はないが、二十歳も若返った元気な祖父ちゃんなら、ずっとそばにいて欲しかった。

「あいにくだがな、一郎。孫も可愛いが、ボクにはあの世で待っている和歌子の方がもっと大切なんだよ。それに、これはもう自然の摂理によって定められたことだしな。ボ

ク の力でどうにかなる問題ではない」

それまでウキウキしていた祖父ちゃんもさすがにしんみりとした声で言った。

「なに、おまえもすぐに元の世界に戻れるさ。それに、ここもそんなに居心地の悪い世界ではない。ところで」

そこまで言って、祖父ちゃんの顔がやや険しくなった。

「おまえ、今までに何人消した？　家族以外に」

「五人くらい……かな」

「建物は何を消した？」

「建物？　建物も消えるの？」

「消える。ボクは、毎朝、同じところで必ず間違える下手くそなピアノの音がうるさい隣の家を消した。立派な豪邸だったが、家ごと奇麗に消えたぞ」

「すげえ」

「もっとも、元に戻ったら、隣の家は相変わらずあったし、下手くそなピアノも相変わらず聞こえてきたがな」

俺が消した隣の主婦も、元の世界では、毎日、近所迷惑な騒音をたてて、ラケットで布団を叩いているんだな。

「だがな、これだけは言っておく。面白がって見境なく消すなよ。人も物も。最初は嫌いなものが簡単に消えるので痛快かもしれんが、そのうち、消したつけが回ってくるぞ。どんなにつまらない者や物でも、それがそこに在ることによって、世の中の複雑な仕組みは成り立っておるんじゃ。機械だって、たった一本のネジが無くなっただけで動かなくなることもあるんだからな……」

「うん」

「それとな」

祖父ちゃんは思い出したように付け加えた。

「この家は持ち家ではない。あと二十五年以上ローンが残っている。持ち家に見せかけた、いわば貸家だ。そのローンは一平がこつこつ働いて返すはずだったが、その一平が消えてしまったからには、おまえが働いて返すか、それができなければ、おまえは棲み家をなくす。そうなる前に、なるべく早く元の世界に戻れ。戻れるならばな」

祖父ちゃんの最後の方の声はか細くなって、部屋の外から聞こえた。俺は祖父ちゃんをすぐに追いかけたが、祖父ちゃんの姿は、もうどこにもなかった。

第八日め

祖父ちゃんの「教え」を守って、これからは気楽に他人を消すのはやめようと決心した。とはいうものの、物は消したことがなかったので、一度だけ試してみたくなった。いくら目障りでも、大きな建物はまずい。そうだ。ポストがいい。うっすらと口を開けたような間抜け面をしてぼーっと立っている赤いポストだ。ポストに恨みはなかったが、「実験」にはちょうど良い。ポストなら他にもあるし。ポストの一つくらい消したところで、何かが変わるとも思えなかった。ポストなら他にもあるし。そこで、近くのポストに向かって、「消えろ」と言ったら、スカッと消えた。なるほど。物や建物も消えるんだな。ただ、消してしまった後で後悔した。あのポストの中には誰かが投函《とうかん》した郵便物が入っていたかもしれない。その郵便物もポストごと消えてしまったわけだ。ま、大した混乱にはならないだろう。

午後、親父の会社の者が見舞いと称して訪ねてきた。これには困った。そこで、親父は病院に入院していて、おふくろもそこで付き添っている。病院の名前と病名は聞いたがド忘れした、と大嘘をついて、なんとかごまかしたが、この先、この嘘がいつまで通用するかと想像したら、頭が痛くなってきた。

どう考えても、荒唐無稽すぎるので、俺は、まだこれは夢だと思っていた。祖父ちゃんまで出してきて、誰が見せているのか知らないが（って、俺が勝手に見ているんだが）全く手の込んだ夢だ。今まで見た夢の中でも、「超大作」クラスだ。長さといい、リアルな現実感といい。とはいえ、さすがに飽きてきた。飽きるというか、少し怖くなってきた。最初は愉快だった夢が次第に悪夢化しはじめていたからだ。

ここらで、おふくろが起こしてくれないかなと本気で思った。今なら、機嫌良く目覚められそうな気がした。それに、うざくてうざくてしょうがなかったあのおふくろの手料理がむしょうに食べたくなっていた。暇つぶしに、古いアルバムをめくっていたら、小学校の頃までは、おふくろと楽しそうに写っている写真が多いのに驚いた。しかも、おふくろが若くて可愛い。確か、俺を産んだのが十八歳の時だというから、若くて可愛いのも当たり前だが。

俺には、残念ながら、「魂の共鳴」ができるような両想いの恋人はいないし、親友と呼べる友人もいない。知り合い程度の連中ばかりだ。もし、これが夢ではなくて、祖父ちゃんの話した通りだとしたら、俺を元の世界に引き戻してくれるのは、おふくろしかいないような気がした。他に、俺を心底「必要」としている人間が思い当たらなかった。

何と言っても実の母親だし、一人息子だし、あっちの世界で、俺の「蒸発」を一番心配しているのはおふくろだろう。でも、俺の方が一方的におふくろを嫌っていたために、今まで、「魂の共鳴」ができなかったのかもしれない。これからは、もっと、古いアルバムを見たり、小さい頃を思い出したりして、おふくろを好きになろう。そうすれば、互いの気持ちが一つになって、俺は、元の世界に戻ることができる。

ゴミ出し場で、俺が消した主婦が連れていたチワワだって、あの後、家人に引き取られたか、自分で家に帰ったらしく、もうあそこで震えながら鳴いてはいなかった。

鏡を見ると、今の俺の顔は、あの時の飼い主を突然なくした哀れなチワワそっくりだった。

第三十一日め

「今頃どこで何をしているんだろうなぁ」

テレビのお笑い番組を観ながら、ソファで笑い転げている妻に言った。

「おい、聞いてるのか」

「え、なに？」

「一郎だよ。家出してもう一カ月になる。いまだに電話一つない。思い当たる所は全部当たってみたが、どこにも寄っていないみたいだ。一体どこにいやがるんだろう」

「どこかにいるんでしょ」

妻は意外にさばさばした声で答えた。

「家出にしては妙なんだよな。携帯も財布もパスポートも残して、部屋から消えるみたいにいなくなるなんて。ウイスキーの小瓶が転がっていたから、酔っ払った勢いで身一つで出て行ったんだろうが」

「もういいじゃない、一郎のことは」

妻はやや面倒くさそうに言った。

「一応、警察に捜索願は出しておいたから、何かあったら、警察から連絡があるでしょ」

「おまえ、心配じゃないのか」

「何が？」

「何がって、一郎だよ」

一郎が「蒸発」した朝、あれほど取り乱していた妻が、今は、ようやく落ち着きを取り戻した、というか、取り戻しすぎて、殆ど無関心になったように見える。妻にしてみれば、息子が「蒸発」した後、追い打ちをかけるように、寝たきりだった父が死んで、葬式やら初七日やらで、何かとドタバタしていて、家出息子の心配をしている余裕がなかったのかもしれないが、それにしても、最近の妻は以前と少し変わったような気がした。

「心配したってしょうがないでしょ。誘拐されたわけじゃあるまいし。一郎はもう自活できる歳なんだから。考えてみれば、今までが過保護すぎたのよ。それより、心配といえば……」

妻は突然、背筋をシャンと伸ばして言った。

「あたし、今日、病院へ行って来たのよ」

「病院？　どこか悪いのか」

息子の家出と父の死に続いて、今、妻の身に何か起こったら……。そう思うと、私は不安になった。

「前から気にはなっていたんだけれど、今更この歳でと思って、放っておいたのよね」

「な、何だ。ま、ま、まさか、ガンか？」

「違うわよ。子供」

「え？」

「子供ができたのよ」

「誰の？」

「誰のって、失礼ね。あなたの子に決まってるでしょ」

「妊娠したっていうのか」

「ええ。三カ月に入ったところですって」

「…………」

「あたしの歳だと、いわゆる高齢出産にあたるわけでしょ。それが、ちょっと心配なのよ。無事に産めるかしらって。お医者さんの話では、初産ではないし、すこぶる健康だから大丈夫だろうって言うんだけど」

「子供……」

私は、あまりの想定外の出来事に茫然としていた。

「こう言っちゃなんだけど、お義父《とう》さんも一郎も良いタイミングでいなくなってくれたもんだわ。だって、寝たきり老人と予備校通いの息子を抱えて、赤ん坊なんて育てられないもの。二人がいたら、きっと、この子をあきらめていたと思うわ」

「一郎が帰ってきたら驚くだろうな……」

「アラ、別に帰ってこなくてもいいわ。どこかで元気に暮らしてさえいてくれたら。今のあたしにはこの子がいるんですもの……」

妻はそう言って、愛しそうに自分の腹部を撫でた。

湖畔の家

「さあ、どうぞ」

　老管理人は、持っていた鍵で玄関の扉を開けると、湖のほとりに立って周囲を見回していた私に大声で言った。

　木立の葉を揺らせて吹きぬける風のここちよさや、鳥の鳴き声、風の見えない手に撫でられたような湖面の繊細なさざ波に見とれていた私は、足元に置いてあったリュックサックを右肩に引っかけると、管理人の後に続いて家の中に入った。

　居間は、塵《ちり》一つなく奇麗に掃除され、テーブルの上にはコーヒーセットが用意されている。まだ暖炉が恋しくなるような季節ではないが、暖炉の両側には、既に真新しい薪が積んであった。

「このあたりは、あと一カ月もすれば、夜は暖炉なしではいられなくなりますからねえ」

　居間の窓を開けながら、管理人が言った。

「電気とかガスは……」

　私が訊ねかけると、

「全て使えます。もちろん電話も。食料も数日分くらいは冷蔵庫に用意しておきました。

缶詰類なら戸棚にありますし」

「わかった。あとは自分でやるよ。コーヒーでも飲もうじゃないか」

私が言うと、管理人は、一瞬、ためらうような表情になって、

「いえ、私はこれで失礼します。あいにく、今日は用事がたてこんでいるもんで」

俯き加減に言って、手にしていた玄関の鍵を私に渡した。

「もし、何かありましたら、管理会社の方にいつでもご連絡ください」

「うん、わかったよ。長い間……」

管理してくれてありがとうと言おうとしたが、管理人はさっさと玄関の方に行ってしまった。気のせいか、一刻も早く帰りたそうに見えた。

「あの、それとですね……」

管理人は、玄関の前で何か思い出したように立ち止まって振り返ったが、「あ、いや。それでは」と言って、家の前に停めてあった車に乗って立ち去った。

＊

私は一人になると、コーヒーを一杯飲んでから、家の中を順々に見て回った。どこもかしこも、町中のボランティアが集まって大掃除でもしてくれたかのように、奇麗に片付いていた。二階の部屋の窓も全部開け、寝室の窓から見える湖をしばし眺めた。

階下から電話の鳴る音がした。居間に下りると、受話器を取った。

友人のFだった。

「どうだ。生まれた家に帰った感想は？」

彼はいきなり言った。

「いいね。三年しか住んでいなかったにしては、とても懐かしい気がする」

ここは、昨年、他界した父が所有していた別荘の一つであった。亡母がこの別荘をことのほか気に入り、四季の殆どをここで暮らしていた。私を産み、育てたのもこの家である。母方の祖父が不動産業で財を成し、父も貿易関係の事業で成功して、亡くなったとき、私一人くらいなら、一生遊んで食べていけるだけの財産を残してくれた。

「これから行くぞ」

Fは威勢よく言った。

「これから？」

「引っ越し祝いだ」

「まだ引っ越しちゃいないよ。マンションの方には家具も車も残してある」

「それじゃ、引っ越しの前祝いだ」

「誰か連れて来るのか。派手なパーティとかは嫌だな」

「一人で行く。俺にとっても懐かしい家だし。二人きりで、しんみりと葬式のように祝おう」

「それならいい」

「これから出る」

「わかった。待ってるよ」

受話器を置いて、ふと窓の外を見ると、オヤと思った。庭で子供が遊んでいた。二人いる。一人は三、四歳くらいで、もう一人は五、六歳といったところだ。近所の子供だろうか。近所といっても、一番近い家で歩いて二十分くらいはかかるのだが。

小さい方は玩具のシャベルを使って庭に小箱のようなものを埋めていた。そばで、大きい方が何か話しかけている。二人で喋りあっていたが、小さい方が窓辺にいた私に気付いたらしく、笑顔で手を振った。他人の家の敷地に勝手に入り込みながら、家主に見つかっても、逃げるどころか挨拶をするとは。その無邪気さに怒る気にもならなかった。

そのうち、奇妙なことに気が付いた。子供の姿は見えるのだが、声が聞こえてこないのだ。窓は開けてある。それなのに、全く声が聞こえてこない。私は、一瞬、自分の耳がどうかしたのかと思った。しかし、鳥の声とか、電話の鳴る音は聞こえたし、急に、耳がおかしくなったとは思えない。試しに、置いたばかりの受話器を取って、１１７を押して、時報を聞いてみた。ちゃんと聞こえた。

首をかしげながら、受話器を置いて、また外を見ると、もう子供たちの姿はどこにも見えなかった。

*

小腹がすいたので、リュックに入れて持参してきたサンドイッチを食べ、もう一杯コーヒーを飲んだ。飲んでいるうちに、まだ見ていない部屋があるのを思い出した。倉庫だ。一階の西側の一番奥の部屋を倉庫として使っていたはずだ。ドアを開けると階段があって、それを数段下りると、コンクリートの四角い床があった。隅の方に木箱が積んであった。窓のない地下室だった。倉庫の中には、ポツンとカラフルなブランコがあったような記憶がある。まさか、地下室にブランコを作るはずもないから、その後、入園した幼稚園のブランコの記憶だとは思うが。一応、見ておこうと思って、私は居間を出ると、倉庫に行った。

ドアを開けようとしたら、開かない。ノブをガチャガチャやってみた。鍵がかかっているようだ。管理人からは玄関の鍵しか受け取っていなかった。居間に戻って、戸棚の引き出しを開けて、倉庫の鍵らしきものを捜したが見つからない。自分で捜すより、管理人に訊いた方が早いと思って、管理会社に電話をかけた。

さきほどの管理人に、倉庫の鍵の話をすると、

「それなら、私にもわかりません」

　やや沈黙があって、そんな返事が戻ってきた。

「わからないって？」

「あの家の管理を任されたときから、あそこのドアは施錠してありました。掃除に必要だから鍵を預けて欲しいとお願いしたのですが、あそこは使ってない倉庫だから、掃除の必要はないとおっしゃって、鍵は最初から預かってないんです」

「父がそう言ったんですか」

「ええ。もし、あの倉庫をご使用になりたいのでしたら……」

「いや、それならいいんです。ちょっと訊いてみただけですから」

　私はそう言って電話を切った。

　管理人に言われて、ようやくボンヤリと思い出した。小さい頃、隠れんぼか何かしていて、私は、あの倉庫に隠れようとして、中に入ったのだが、壁の明かりのスイッチに手が届かず、薄暗い中を階段を下りようとして転んで怪我をした。怪我といっても膝小僧をすりむいた程度の軽いものだったが、一人っ子だったし、子煩悩だった父が心配して、私が入れないように鍵をかけてしまったのだろう。父の遺品を捜せば鍵は見つかるかもしれない。だが、家の中をざっと見た限りでは、倉庫を使う必要もなさそうだった。他に空いている部屋は幾らでもあったからだ。

　まあ、いいか。そう思いながら、振り返って、私はぎょっとした。居間のソファで、二人の子供がはしゃぎ回っていたからだ。庭にいた子供たちだった。姿が見えなくなったと思ったら、私が倉庫に行っている間に、玄関から忍びこんだらしい。玄関に内鍵はかけていなかった。

「おい、きみたち」

私はさすがに頭に来て、子供たちに声をかけた。家の庭先で遊ぶだけなら、まだ幼い子供だからと大目に見てやれたが、家の中にまで入ってくるとは。幼児といえども、立派な住居侵入罪である。

しかも、「侵入」したわりには、小さい方の子供など、ソファをトランポリン代わりにして、ピョンピョン跳びはねている。わが家で遊んでいるようなリラックスした大胆さだ。おそらく、この家は長い間空き家だったので、近所の子供たちの格好の遊び場になっていたのだろう。だが、今日からは私の住まいになった。それを教えてやらなければなるまい。

「こら、いい加減にしないか」

私はどなりつけた。

子供たちは私の方を見ようともしない。無視しているというより、私の声が聞こえないかのように、平然と遊び続けている。そのうち、また妙な気分になった。私にも、子供たちの声が聞こえないのだ。姿はすぐそこに見えているのに。声も物音も一切聞こえない。まるで音声を消して立体映像だけを見ているような変な感じだった。

私は、咄嗟にズボンのポケットから玄関の鍵を取り出すと、ソファの上で跳びはねている幼児に向かって投げ付けた。鍵は幼児の体を通りぬけて、窓の下に落ちた。鍵が落ちる音は聞こえた。私は窓辺に落ちた鍵を拾いに行った。子供たちは、私を完璧《かんぺき》に無視して遊んでいた。そのうち、一人が居間から走り出て行った。それを追いかけるように、ソファの上で跳びはねていた幼児も走り去った。

私はひどく疲れた気分でソファに座り込んだ。拾った鍵を手の中で弄《もてあそ》びながら、ひたすら考えていた。

今、見たあれは何だ？　幽霊？　幽霊にしてはえらく元気そうだったが……。

それに、最初見たときは、近所の子供かと思っていたが、あの二人にはなんとなく見覚えがあった。

はっと思いついて、暖炉の上に飾られた額縁入りの写真の前に行ってみた。そこには、若い頃の父と、母に抱かれた男児が写っていた。

＊

Ｆが着いたのは夕方だった。

途中で買ってきたという「引っ越し前祝い」の品は殆どが酒類だった。あとは酒の肴《さかな》のようなFの好物ばかりだ。

「酒ばかりじゃないか。僕が飲めないの知ってるくせに」

居間のテーブルに並べられたそれらを見て、文句を言うと、

「俺が飲むんだよ」

彼は当然のように言って、

「おまえの分もある」

と、アルコール抜きのビールもどきを何本か取り出して、グラスを要求した。

「ビール一杯までは大丈夫なんだよな」

「まあ……」

「じゃ、ビールだけ付き合え」

「車なんだろう？」

「泊まるよ。パジャマも持ってきた」

私たちは、とりあえず、ビールで乾杯した。

私は、体質的にアルコールを受け付けないので、いつも、ビール一杯までしか付き合わない。二杯以上飲むと、船酔いしたようになる。Fは、底無しの酒飲みで、並の人間が泥酔するくらいの量を飲んで、ようやく「少し酔った程度」になった。

ある大手出版社の編集者だったが、現在は、自分の出版社を設立して、編集者時代に

培《つちか》った人脈で、何人ものベストセラー作家の本を出して、この出版不況時代に、黒字経営をしているやり手だ。

体格が良く陽気で社交的な「親分」肌で、ひ弱で陰気で内向的な私とは何もかもが正反対だった。

それなのに、いや、それゆえにか、私たちの「友情」は三十年以上も続いている。「友人」というよりも、「兄弟」と言った方が早い。比喩《ひゆ》ではなく、私たちは一緒に育ったからだ。

母の死後、三歳でこの家を出た私は、Fの家に預けられた。Fの父と私の父は学生時代からの親友だった。父は貿易業という仕事がら、スパイのように世界中を飛び回っていて、いつも留守がちだった。それでも、電話や便りはまめにくれたし、私の誕生日も決して忘れなかった。絵葉書は来るたびに違う国からだった。

Fの両親も私を自分の子供以上に可愛がってくれた。やんちゃで生意気なFより、泣き虫で甘ったれの私の方を、「女の子が欲しかった」という育ての母は、なめるように可愛がってくれたものだ。

「ひきこもりの物書きが住むには理想的な環境だな」

Fはさっそく皮肉を言った。口の悪い男だったが、彼のカラッとした性格ゆえか、長い付き合いのせいか、本気で腹をたてたことはない。

「マンションの方はどうするんだ？　売るのか、貸すのか」

Ｆが訊いた。

「当分はあのままにしておく。上京した際の宿用にね」

「落ち着いたら、何か書いてくれ」

「何かって？」

「何でもいいよ」

「どうせ出版したって売れないのに？」

「売れないから出すんだよ。商売の方は今のところ順調だからさ、ま、俺の趣味だね。おまえはわが社の株主でもあるし、死んでから大売れする可能性もある。カフカのように」

「あんな才能はないよ」

「才能より宣伝さ」

こんな調子で軽口を叩きあっているうちに、いつしか、子供の頃の思い出話になっていた。

「なんで、僕を苛めるのをやめたんだっけ？」

ビール一杯で既に酔っ払ったような気分になっていた私はＦに聞いてみた。

「苛めた？　俺がおまえを？」

ビールに飽きたのか、次は赤ワインの栓を抜きながら、Ｆは怪訝そうに言った。

「苛めたよ。幼稚園のとき。きみはガキ大将だったから」

「ああ、あれか。あれは末長く友情を保つための洗礼みたいなもんだ。おまえときたら、ちょっとつついただけでも、すぐ涙目になってメソメソするから面白くてさ」

　Ｆは笑いながら、ポンと音をたててワインのコルク栓を抜いた。

「洗礼か。確かにな。プールに三回も突き落としてくれたもんな」

「ははは」

「で、その洗礼をなんでやめたんだ？」

「おまえの親父に頼まれたからだ」

「父に？」

「息子は情けない弱虫のヘナチョコだが、私にとってはたった一人の子だ。妻をあんな形で失った上に、息子にまで何かあったら、私には生きる望みがなくなってしまう。きみは賢くて強い子だ。どうか、あれを実の弟だと思って助けてやってくれ、てさ」

　Ｆは真顔になって言った。

「父がそんなことを？」

「情けない弱虫のヘナチョコ」というのはＦの「創作」だなと思いながら言った。私の記憶にある限り、父はそういう話し方はしない人だった。

「ああ、そうだよ。どうせ、おまえが俺に苛められてるとか、電話で親父に泣きついたんだろう。おまえの親父がうちに来たときにさ、俺に頼みがあると言って、二人きりのときに真剣な顔で言ったんだ。ねちねち説教なんかされたら、あんなに素直に従わなかっただろうが、大人に真剣な顔で頼むと言われたらなぁ」

Ｆはそう言って、スモークチーズを齧《かじ》りながら、ビール用のグラスに注いだワインを飲んだ。

「そんな話、はじめて聞いたよ」

「俺もはじめて話した。忘れてたんだ。不思議だな。ここに来たら思い出した。それに、おまえを大事にしろってのは、親にも言われてたしな。おまえはわが家の収入源でもあったし、おまえがいなくなったら、困るのはうちも同じだったからな」

「なんだよ、収入源て？」

「あのな、いくら親友の子供だからといって、友情と同情だけで、他人の子を引き取って育てるほど、うちの親は金持ちでも慈善家でもなかったんだよ。おまえを育てるのと引き替えに、養育費はもちろん、おまえの親父から何かと経済的な援助を受けていたんだ。おかげ様で、俺たちは、プール付きのでかい家に住めるようになった」

「…………」

「聞かなきゃよかったたって顔してるな」

Fは私の顔を覗きこむようにして言った。

「いや。霞を食って生きられるのは仙人だけさ。相互扶助ってやつだろ。助け合ってこそ友情は長続きするもんだ」

「良い台詞だな。新作にその台詞を使えよ。ついでに、一人勝ちは、いずれ自滅につながるともな」

「そっちの方が良い台詞だ」

「だけど誤解するなよ。だからといって、うちの親がおまえを金づるだと思っていたわけじゃないぞ。本当におまえを可愛がっていたんだ。それに、経済的援助にしても、おまえの親父の方から言い出したんだ。うちの親がおまえを人質にして、金をねだったわけじゃない。くれるというものは断らなかっただけの話で……」

「もういいよ。それはわかってる。十分わかってる。それより、さっき、きみは僕の母のことで……」

私は或《あ》ることに気が付いて、そう言いかけると、Fは、ふいに、居間から二階に行ける階段の方を見ながら、

「おい。さっきからウロチョロしている目ざわりなガキどもは何だ？　近所の子か」

と言った。

Fが到着して、私たちが居間で思い出話を始めた頃から、二人の幼児がまた突然現れ

て、二人でじゃれ合いながら、階段を上ったり下りたりして遊んでいた。私は気が付いていたが、おそらく、Ｆには見えないだろうと思って、黙っていたのだ。

「あの子供たちが見えるのか」

私が驚いて訊くと、Ｆも驚いたように、

「見えるのかって、俺の目を何だと思ってるんだ。暇つぶしに顔に書いた落書きじゃないぞ」

「耳はどうだ？　子供たちの声や物音が聞こえるか」

「いや……」

「見てろよ」

私は、テーブルにあったワインのコルク栓を摑《つか》むと、幼児の一人に向かって投げ付けた。コルク栓は幼児の体をまたもや通り抜けて落ちた。

Ｆはそれを見ていた。

「ゆ、幽霊か。コルクが……」

「幽霊じゃない。子供たちの顔をよく見ろよ」

Ｆはじっと見ていた。

「あの二人は僕たちだ」

＊

「僕たち……？」

Ｆは茫然としたように言った。

「僕たちの子供の頃だよ。覚えてないか。きみはいつも耳の大きなネズミの絵のついた服を着ていた」

「覚えてるさ。俺は、あんな糞ネズミよりハエ一匹とエンエンと格闘するアヒルの方が面白くて好きだったんだが、おふくろがネズミの方が可愛いからって、いつもあっちを買ってきたんだ」

Ｆはそう言って苦笑したが、

「そんなことはどうでもいい。なんで、俺たちがここにいるのに、ガキの頃の俺たちがあそこにいるんだ？」

「僕たちがここにいて思い出話をしているから、幼児の頃の僕たちがあそこにいるのかもしれない」

「禅問答みたいな言い方はよしてくれ」

彼はうんざりしたような顔をした。

「よくわからないが、何か、僕の……記憶と関係があるみたいなんだ。あの二人が突然現れたのは、きみから電話があった直後だった。きみがここに親と一緒に遊びに来たのを思い出していたら、庭にあの二人が突然現れたんだ」

私がそのときの話をすると、Ｆは考えこむような顔になり、

「つまり、この家であった何かを思い出したりすると、そのときの記憶があいう風に現れるのか？」

「必ずってわけではないと思うが、そんなとこかな。記憶といっても、覚えているのもあれば、意識下に押しやられて覚えていないのもあるみたいだ」

「おまえ、ずいぶん淡々としているが、薄気味悪くないのか。出てくるのは幽霊ではないにしろ、これって、明らかに超常現象だろう？　どうなってんだ、この家」

Ｆはそれこそ気味悪そうに家の中を見回しながら言った。

「最初は気味悪かったが、今はそうでもない。きみが来る前に、若い頃の母や父の姿も見たしね。それに、姿が見えるだけで、音は一切聞こえない。あちらからは、こちらの姿は見えないみたいだ。ようするに過去の幻影さ。得体の知れない怪物が襲ってくるわけじゃない。昔の思い出を立体映像で見せられているようなもんだ。この家のサービスかな。そう思えば、そんなに気にもならない。むしろ懐かしいよ」

「不可解だ……」

Ｆはそう呟いて、複雑な表情でワインを飲み続けていた。階段で遊んでいる幼児たち

の方をチラチラ見ながら。

「さっきの話の続きなんだが」

私は、Fの背後の窓の方を見ながら言った。窓辺では一人の和服の女が椅子に座って、俯いて刺繡《ししゅう》をしていた。私の亡母だった。母はよくああして窓辺で刺繡をしていた。

「妻をあんな形で失った上に、ってどういう意味なんだ？」

「え？」

「父がきみに言ったんだろう？　妻をあんな形で失った上に、息子にまで何かあったら、私には生きる望みがなくなってしまう、と」

「ああ……」

「母は病死じゃなかったのか。僕はずっとそう聞かされてきたが」

「……それは」

Fはややうろたえたように、グラスにワインを足した。

「変なんだよ。母の葬式は覚えているんだ。でも、母が病気だったという記憶が全くないんだ。母が突然いなくなった記憶は漠然とあるんだが。入院でもしていたのか」

Fは苦い表情をして黙っていた。

「入院したとしても、見舞いに行った記憶もない。それまで元気だった母が突然いなくなって、あとは葬式の記憶だけ。母は本当に病死だったのか？」

「……実を言うとな、これは、おまえには決して話すなと親やおまえの親父から口止めされていたんだが」

彼は重い口を開いた。

「おまえも、もういい歳した大人なんだから、母親の本当の死因くらい知ってもいいよな」

彼は自分に言い聞かせるように言った。

「病死じゃないんだな？」

「違う」

「事故か？」

「自殺だ」

Ｆは吐き捨てるように言った。

「自殺？」

「おまえの母親は自殺したんだ。ここの倉庫で首を吊って」

＊

「自殺……」

私は体中の血がすーっと抜けていくような気分になりながら聞いた。窓辺の母は消えていた。椅子だけが残っていた。

「自殺の原因は何だ？」

「わからん。遺書もなかったらしい。遺体を発見したのはおまえの親父だ。しばらく休暇が取れたと言って、おまえを連れてうちに遊びに来たことがあったんだ」

「母は？」

「来なかった。あまり気分がすぐれないので、一人でいたいと言ったらしくて」

「それで？」

「三、四日だったかな、うちに居たのは。帰ってきたら、おまえの母親は帯締めを使って……」

Fは黙った。黙りこんで、しばらく飲んでいたが、

「自殺の原因はわからなかったが、おまえの親父は自分をかなり責めていたようだ。久しぶりに休暇が取れて帰ってきたのに、妻の異常に気付かなかった。気付いていたら、いくら子供にせがまれたからとはいえ、妻を一人にして家を離れはしなかったと」

「そうか……」

「悪かったな。今まで隠していて。俺も当時は知らなかったんだ。後になって親から聞いたんだよ」

「知らなくてよかったよ。子供の頃に知っていたらトラウマになっていたと思う」

「だろうな。だから、隠していたんだ」

「ただ……」

私は言った。

「母は倉庫の鍵を持っていたのかな」

「鍵？」

「倉庫のドアは父がロックしてしまったらしいんだ」

管理人から聞いた話をFにそのまま伝えた。

「詳しい事情は俺も知らないが、おまえの親父が倉庫に鍵をかけたのは、おまえの母親が自殺した後だったんじゃないのか。ここを出る前にさ。妻が自殺した場所なんて、心理的にも物理的にも封印してしまいたかっただろうからな」

「そうか。そうだな。それで、父は、どんなに頼んでも、二度とここには連れてきてくれなかったのか」

「……なんか酔った。もう寝ていいか」

Fは憂鬱そうな声で言うと、立ち上がった。ビール一本とワイン一本を空けただけだった。ふだんはこの程度で酔うような男ではないのだが、アルコールにというより、私の母の話に悪酔いしたのかもしれない。

「二階の客室、使ってくれ」

そう言うと、彼は「わかった」というように手を振って、幾分おぼつかない足取りで、バッグを取り上げると、階段を上って行った。階段にはもう子供たちはいなかった。

私は、ソファに横になった。

母はなぜ自殺したのだろう。三歳だった私を残して。そういえば、Fが来る前に、居間で若い頃の父と母が何か言い争っているような光景を見た。よくある夫婦喧嘩にしか見えなかったが……。

私は窓辺を見ていた。

幼児が床に座り込んで一人で遊んでいた。階段にいたときとは服装が違っていた。手編みのセーターを着ている。幼児は小さな箱を開けたり閉めたりしていた。あの箱を覚えている。私の宝箱だ。蓋を開けるとオルゴールが鳴る。誕生日に父が買ってくれたものだった。「大切なものはこれに入れておくんだよ。なくならないようにね」

父はそう言った。

私はあれに大切なものを入れていた。なくならないように。そう。大切なものはなくならないように箱に入れておかなければ……。

少しうとうとしかけたとき、階段からFが下りてきた。

「なんだ。まだ寝てなか……」

そう言いかけて、私は口を閉ざした。Fではなかった。痩せた背の高い男だった。青いセーター姿で、片手をグレーのズボンのポケットに入れ、片手で何かを弄びながら、居間に入ってくると、窓辺にいた幼児に近づいた。

男は、終始笑顔で、幼児に話しかけていた。絵本でも読んでやっているような顔つきだった。幼児は一心に聞いていた。話が終わると、男は両方の拳を幼児の前に差し出した。幼児は目を輝かせて、右の拳を指さした。男は右手を開いた。手のひらには鍵があった。その鍵を幼児に渡すと、人差し指を口にあてた。幼児は大きく頷いてから、嬉しそうに左右に体を揺さぶりながら、受け取った鍵を宝箱の中に入れた。そんな幼児の頭を男は愛しそうに片手で撫でた。

自分の頭を撫でられているような気分で、私は眠りに落ちた。

目が覚めたら、既に朝だった。腕時計を見ると、午前六時半になろうとしている。ソファから起き上がろうとすると、窓辺には、また母がいた。刺繍をしていた。紫地に華麗な花模様の和服姿で白い薄手のショールを羽織っていた。手編みのセーターを着た幼児が母に話しかけていた。母は首を横に振っている。幼児は何かせがんでいるようだった。母は、最初は「駄目よ」というように、首を横に振り続けていたが、執拗な子供の懇願に負けたのか、「しょうがないわね」という顔つきで、刺繍を椅子に置くと、幼児と手をつないで、居間を出て行った。床の上には、あの小箱が蓋を開けたまま置いてあった。

ややあって、幼児が一人で居間に戻って来た。楽しそうな顔で、手に何か握りしめていた。床の上の小箱の中に握りしめていたものを入れると蓋を閉じた。その箱を大事そうに抱えて、二階に上がって行った。

母の方は戻って来なかった。

私は何かを思い出しそうな胸苦しさを覚えながら、ソファに座っていた。しばらく金縛りにあったように動けなかった。ようやくソファから立ち上がると、二人が出て行った方に行ってみた。西側の廊下の果てにあの倉庫があった。母の姿はどこにもなかった。倉庫の前には、母が羽織っていた白いショールだけが落ちていた。

突然、私の中で眩い光が炸裂した。自分の中で核爆発が起きた。そんな衝撃だった。

＊

ふいに、それこそ、突然、思い出したのだ。私らしき幼児がシャベルで庭に箱を埋めていたのを。昼間、Ｆと電話で話した後だ。窓越しに見たあの光景。

あの箱は……。

私がこの家を出る前日に庭に埋めたものだった。なぜ、埋めたのかは覚えていない。タイムカプセルのようなつもりだったのかもしれない。それとも、誰かにそうしろと言われたのか……。

私は玄関から庭に走り出た。物置に行って、園芸用のシャベルを見つけ出すと、幼児が箱を埋めていたあたりを掘り始めた。少し掘ると、土の中から箱が出てきた。汚れて錆《さ》び付いていたが、あの宝箱だった。蓋を開けると、オルゴールは鳴らなかった。中には、母の写真や絵カードやガラス玉に混じって、鍵が一つ入っていた。これもやや錆び付いていた。その鍵を取り出すと、家の中にまた走って戻り、倉庫の前に立った。

息を切らして、小刻みに震える手で鍵をドアの鍵穴に差し込んだ。それはピタリと嵌まった。施錠を解いて、明かりをつけずに、ドアをそうっと開けてみた。薄暗い倉庫には何もなかった。隅に木箱が積まれているだけだった。私はほっとしてドアを閉めかけたが、やや気になって、もう一度ドアを開けてみた。すると、ほんの数秒前まで、隅に積まれていたはずの木箱が一つ、ポツンと床の上に転がっていた。

私は、思い切って、壁のスイッチを押して、明かりをつけた。

明るくなった途端、倉庫の情景が一変した。転がった木箱の上に、何かがぶら下がっていた。乱れた長い黒髪に汚れた白い足袋。それは微かに揺れていた。カラフルなブランコのように……。

＊

私は慌ててドアを閉めた。頭の中がグチャグチャにかき回されたように混乱していた。

なんとか、これまでに見た様々な「過去の幻影」の断片をまとめようとしていた。季節も時間もバラバラの記憶の断片を。

父が封印したという倉庫。分厚い金属製のドアは外からしか施錠ができないようになっていた。人が住むための部屋として造られたものではなかった。もし、あそこに閉じ込められたら、自力で出るのは不可能だ。窓もないし、壁も床もコンクリートで出来ていた。監獄と同じだ。監獄より酷い。冷暖房も何もない。もし、真冬に何日もあそこに閉じ込められ、食事も水も与えられなかったとしたら……。

震えながら、居間に戻ってくると、黒革のコートを着た男がいた。足元に旅行カバンを置き、コートのボタンをはずしていた。赤いフード付きのジャケットを着た幼児がテーブルの上の小箱を開けていた。開けた箱から鍵を取り出すと、男に渡した。男は鍵を受け取ると、居間を出て行った。その後を幼児が追いかけて行った。

しばらくして、男は居間に戻ってきた。大して驚いた風でもなく、落ち着いていた。背後に幼児がくっついて、泣きじゃくりながら何か言っていた。男は幼児をなだめるように抱き締めてから、ソファに座って、悠然と煙草をふかしはじめた。煙草を吸い切ると、吸い殻を開けた窓から指先で弾いて捨てた。それから、電話台まで行き、どこかに電話をかけていた。それまでの冷静な顔つきから、急に取り乱したような表情になって。

私の中でバラバラに散らばっていた記憶の断片が集まって、ようやく一つの形になろうとしていた。それは地獄絵だった。

私は母が大好きだった。母が嫌いであんなことをしたとは思えない。ただの悪戯《いたずら》とも思えない。誰かにそそのかされたのだ。その誰かとは、今、目の前にいる男だ。でも、一つだけ、わからないことがあった。

男の動機だった。

資産家だった祖父が死んだとき、一人娘だった母は莫大な遺産を相続していた。目的はそれか。それとも……。

腰から下の力が抜けてしまったように、私はソファに座り込んだ。

黒革のコートの男と幼児が消えたかと思うと、同じ男がまた入ってきた。黒いスーツ姿で、小箱を抱えた幼児を連れていた。男は幼児に話しかけ、庭の方を指さした。幼児は頷くと、小箱を抱えたまま、居間から玄関の方に走って行った。

私は居間の窓から庭を見た。庭では二人の幼児が遊んでいた。前に見た光景だった。一人は玩具のシャベルを使って小箱を庭に埋めていた。もう一人は、そばで何か話しかけていた。

私の隣では、あの男が窓辺に立って、庭の子供たちを眺めていた。小箱を埋めていた幼児が、窓辺にいる男の姿に気付いたように、笑顔で手を振った。

窓辺にいた父も笑顔で手を振り返した。

文庫版あとがき

本作は、二〇〇八年に単行本で出版した短編集の文庫版ですが、文庫化にあたり、その後、二〇〇九年に集英社のＷＥＢ誌に書き下ろした短編四作のうちから、わりと気に入っている短編二作を新たに追加しました。「蒸発」と「湖畔の家」がその二作です。「ホラー風味で」という編集部からの注文でしたので、そのつもりで書いたのですが、「蒸発」は、ホラーというより、ブラックコメディに近いかもしれません。ブラックコメディは私の大好きなジャンルなのですが、日本では「一般受け」しないのか、あまり定着していないようなのが残念です。

この短編集、実は、今まで出した短編集の中で、自分では一番気に入っています。でも、私の好みはチョイト偏っているので、読者の方に受けるかどうかは、神のみぞ知るところでしょう……。

二〇一〇年十二月吉日

今邑　彩

本作品は二〇〇八年二月、集英社より刊行されました。
文庫化にあたって、レンザブローに掲載された「蒸発」「湖畔の家」を加えました。

集英社文庫

鬼《おに》

2011年2月25日　第1刷　　定価はカバーに表示してあります。
2019年7月10日　第7刷

著　者　今邑《いまむら》　彩《あや》

発行者　徳永　真

発行所　株式会社　集英社
東京都千代田区一ツ橋2-5-10　〒101-8050
電話　【編集部】03-3230-6095
【読者係】03-3230-6080
【販売部】03-3230-6393（書店専用）

印　刷　凸版印刷株式会社

製　本　加藤製本株式会社

フォーマットデザイン　アリヤマデザインストア　　マークデザイン　居山浩二

ISBN978-4-08-746664-5 C0193